请你记住我

刘墨闻 著

上海文艺出版社

以往的我们 无数次死过

来时的路上 我又撞碎陌生的我

赤诚的少年 自北往南

聪明的人都无功而返

——《望北》

目 录

[一] … 附中

01

高三填报考志愿那天，学校中间的大铁门开了，因为家长们要来，可能学校也不想让他们看见自己孩子坐牢的样子。可他们忘了，有些门一旦关上，是永远也没办法再打开的，家长们也不曾见过自己的孩子如何度过绝望的一天，或许填报考志愿是个能让他们看见的机会。

学校为了避免高三年级压力过大，与其他年级有冲突，于是单独划出一片地，盖了栋楼给高三。拉上大铁门后，许多“跨级恋”的学生就只能隔着铁门见面，特别像探监。

尽管铁门打开了，我也不想去高三那边一探究竟，虽然下学期就高二了，离高三只差一步，我也不想那么早感受铁门以内的生活。很多高三的学生从大铁门里走出来，到学校的花坛边上、操场附近走走、坐坐，可能这样才会有上学的感觉。

我和猴子本来打算逃课的，刚走到操场上，远远看见操场墙边上一个貌似家长的阿姨，拿着厚厚的报考书使劲砸一个男生的脑袋，男生的眼镜都被打掉了，可他还是笑着。

我和猴子翻墙时听见了他们的对话。男生家长说："你心满意足了？背着我报那么远的学校？学了个什么玩意来着？你自己知道你以后干啥吗？"

男生还在笑，不紧不慢地捡起眼镜，然后平静地回答："学什么我不看重，重要的是远，越远越好。你们让我学医，报军校，只是满足你们自己的安全感。"

我坐在墙上看着他们，不能理解家长，也无法对男生感同身受。我妈生下我后就跟别人跑了，爷爷照顾了我几年也走了，我爸是个长途货车司机，一个月回来一次，每次只待两天，我不清楚这种被亲人摆布，是怎样一种感觉，有时听见他们的父母如此迫切地关心，反倒有些羡慕。

猴子看见我的表情，好像猜到了几分，他坐在墙上和我说："让秋，很多时候我和这个男生一样，也和你一样，离父母远了会想他们，离得近了又会觉得压抑。远离时害怕，因为我无法独立活在这个世界上，靠近了觉得被束缚，心里挣扎又绝望。"

说完猴子跳下了墙，好像他很早就接受了这一切。我明白他的意思，但始终无法理解，我总想从别人身上获得答案，原因只是想和大家活得一样，渴望陪伴、关心，抱怨所有人都抱怨的，但我从小就知道，平凡很难，尤其是大家能看见的那些平凡的幸福，其实最难。

我跳下墙，追上猴子和他说，高三是不是快要离校了？

猴子说对，怎么了？

我有点不好意思，猴子是我最好的朋友，甚至可以说是唯一，如果我不用秘密把他留住，又能用什么呢？因为我一无所有。我说没事，想高三离校的时候，去和许桥表白。

02

我还在念初中的时候，只要在马路上看见有人穿着附中的校服，通常会多留意几眼。看看是男孩还是女孩，高还是矮，好看还是丑。其他人也和我一样，因为附中的校服本就是一个身份的象征，他们是这个城市里最好的中学生。

我曾经也幻想过自己在那念书的样子，或者说只是想穿上那身校服，让别人多看自己几眼，享受别人私下的嘀咕和议论——附中的学生，是个好孩子。然后从他们眼里获得赞许和肯定，哪怕我知道自己配不上。

小学毕业后，我爸就把我送进了私立初中，特别省事省心的那种学校，交了学费把孩子往这一放，每学期给四次钱，拿两次成绩单，打两遍孩子，开一次家长会。流程简单，好学易懂，而且这个学校有个特别动人的口号，一切为孩子着想，封闭斩断杂念。家长们也跟着自我感动起来，纷纷把孩子送进去关起来，然后在栅栏外面喊：“我这都是为了你好。”

通常这类初中学费都特别昂贵，好像通过花更多的钱，家长们更能坚定地认为自己是在为孩子付出。我爸把一沓钱放到校长桌子上的时候，校长看都没看我爸一眼，像一个提醒的开头，学校里的一切都跟钱有关，除了食宿费、书本费，还有桌椅板凳费，连考试都要交钱。

有个学生因为没交考试费，被老师拦在了考场外面，所以他那年的成绩垫底，被学校劝退。全校所有人在教学楼里看着那个学生走出校门，在校门口被自己父亲追着打，然后捡自己散落一地的书本。

我问身边的同学，他为什么不和家里人解释呢？家里人不听他的解释吗？没有人回答我，楼上所有人都沉默地看着，大伙都觉得像电影回放，这是每个人都经历过的事，他们和校门口的学生没什么差别。

我忽然想起小时候，身边都是比自己大的学生，老师提问我身后的大个孩子，那孩子答不上来，接着又提问我，我答上了。老师指着我寒碜大个孩子：“你看看人家那张嘴，人家年纪还比你小。”

下课了大个孩子领着自己的同伙把我围在角落里问：“以后还敢答吗？”

我说：“敢答。”

一个巴掌打下来，“还答吗？”

我说：“答。”

开始我占不到便宜，后来打架多了，大个孩子们也会吃亏，反倒经常挨我揍。

打了几次以后老师问：“他们怎么不找别人，偏找你呢？”

我答不上来，也不知道说什么，就像受了委屈，酝酿了一个孤独的开始。

然后老师又问：“下次还打架吗？”

我会斩钉截铁地回答：“打。”

老师摇摇头，让家长来一趟。我爸出车了，我爷爷来见老师，他也不理解为什么我总是打架，好像所有人站在世界的另一边，没给我解释的机会。从那时起我就知道，一个人如果固执或偏执，通常是因为没有被好好对待过。

我看着楼下被父亲追着打的孩子，攥紧了自己的拳头。大人说的未来和理想都太远，没人看见我们现在活成什么样，我不想再解释什么，只想抗拒。

在没有网络，没有篮球，甚至几乎没有娱乐的学校里，打架是唯一的发泄。我们经常从一个教室打到另一个教室，桌子腿、板凳、灯管，都成了武器，学校定期收一次，那时候老师踹一脚暖气片，都能掉下来两三个甩棍。

有时候我不知道为什么打，但我只是想打，拳头挥过去，力气用光了，心里就舒服了。我在毕业前的一次群架中受了伤，左手腕轻微骨折，养了将近一个月，还没痊愈就卸了夹板去打架。后来就养成了一个小习惯，每次打架前，都会习惯性地摸摸左手腕，然后用力按几下，再招呼别人。

时间在拳头和手腕间悄悄流逝，我的中考成绩过了一类线不少分。这要归功于我爷爷，虽然他已经去世很久了，但他从把我送进学校那天起，就告诉我，如果不好好读书，就没办法长大，就不能和他一起去找我奶奶。

我太怕他像我妈一样一走了之，也怕他像我爸一样，对我不闻不问，所以只能学习，拼命记住老师教的一切。但我爷爷还是走了，在他寻找我奶奶多年未果后，独自去了另一个地方。

我不知道他有没有和奶奶会合，也不确定他是否愿意离开我，只是再一次感觉自己被放弃。有时候学校放假我回到家里，冷清得只有家具年迈的咯吱声。我偶尔会给自己做顿饭，按照爷爷教的方法，做菜的时候不由得想，小时候爷爷教我做饭，是不是就为了让我能自己照顾自己，然后他可以放心地走。

我的成绩虽然不错，但依然进不了附中，我爸像是为了弥补亏欠，拿了一大笔积蓄把我送进了附中。报到那天，我站在附中门口窄窄的马路边上往里看，身旁全是豪车和准备往里面扔钱的家长。

门口红榜贴着高考的捷报，排在前面的是被国外或香港名牌大学录取的骄子，清华北大紧随其后，接着一大批努力考过六百分的孩子没能有机会留个名，他们统一划在“超过六百分以上共XXX人”的数字里。一些复印的黑白通知书像宣判的告示，指引录取者应该走的人生，这张纸把他们从人生的这头送到另外一头，门口的家长们欢呼雀跃，但我总觉得他们欢呼并不是为了孩子。

03

附中的离校日，是高三学生默认的“狂欢节”，因为他们已经拿到了准考证，算不上学校的人，也还没有正式走向社会。恰恰是这个边缘的身份，仿佛让他们拥有了豁免权，开始为所欲为起来。

他们有的人骑着摩托在学校门口飞驰，有的人占领球场，不让学弟靠近，即使场上已经有人，他们也会清走。如果有人反抗，他们就一拥而上，像是中了圈套一般，有时我觉得他们清场并不是为了打球，而是希望对方反抗，让他们得以利用当天的身份发泄。

这是附中唯一让我熟悉的地方，我在许多高三学生的脸上，看见了自己曾经有过的表情，不知道为什么而打架，只是想打罢了。

但这一切，在我喜欢上许桥以后，变得不一样了，我的愤怒不见了，变得畏首畏尾，甚至不确定挑这样一天去和她表白，是不是在用愤怒来为自己壮胆。

但离校日的确是个好机会，很多人都在这一天表白，这是一年里，附中唯一丧失秩序的一天，每个学生都会好好把握。

有高三的女生对低年级的学弟说，我在大学等你。也有低年级的女生对学长说，你可别再回来了。学校里全是人，到处跑，有的人寻找自己表白的对象，有的人打在一起。

我在人群里不断地寻找，距离闭校还有一个小时，现在是自由活动时间，她不在班里会在哪儿呢？如果我们有缘，终究可以遇见，我给自己打气，但即使没遇见，也不能说没缘分，只能说表白时机还不够好，我尝试安慰自己。

最后在高三的大铁门前，我遇见了她，许桥。她躲着人群，远远地看着艺术楼，听里面传出来的歌声。这是学生们在彩排，虽然成绩还没出来，学校却早就开始准备庆功会了，每年都是如此，这让我觉得老师之前说的千军万马独木桥等种种危机，都像每个人自己的笑话，和这个世界一点关系都没有。

我先是跟着许桥走了一会，她停在了艺术楼前，我哆哆嗦嗦地喊了她的名字，那是第一次叫她，紧张得中间还有停顿，许字出口，咽了口唾沫才喊出桥。

她先是一愣，回头看了看，好像没发现是我喊的，身边全是奔跑的人，太乱了，分不清是谁喊的。她茫然四顾的样子更好看，微微张开的嘴，四处张望的大眼睛像一泊流动的湖水，乌黑的刘海和长马尾被风撩起来。我忽然愧疚起来，好像自己瞧见了特别美好的东西，于是自惭形秽。我的勇气也忽然来了，喜欢这样好的人，也是情理之中。

我又吞了口唾沫，挥了挥手，她看见了我，还是一脸茫然，然后把脸转过去了，就在那一刻，我大声说："我喜欢你。"

像一无所有的人，马上交出自己的底牌。她肯定是听见了，但没有回头，而是慢慢向艺术楼走去，或许是我间隔太久了，她没意识到我是和她说的，我又喊了一声，许桥。

我有点心虚，声音不大，但她还是听见了，这次马上转了过来，站在艺术楼门口，看向我这边。而我站在人群里，因为紧张而面无表情，身边时而有人挡住我，时而又让开。

接着许桥向我走了过来，我当时特别紧张，手足无措起来，她一边走一边四处张望。我就在原地等着，好像那是人生中最漫长的一分钟。

可当她走到我面前时，只是看了我一眼，就从我身边走过去了，像不认识我一样。我们说过话，一起给厚平办过纪念仪式，我还帮助过她，即使她不愿意，为什么不能和我说句话呢？

就在她走过我的那一刻，好像周围都被静了音，一切热闹都不再和我有关，我很难过，在原地站了很久。

这让我再次有了被抛弃的感觉，非常沮丧。猴子问我是从什么时候开始喜欢许桥的，我也答不上来，也许是第一次见到她，也许是听过她唱歌以后，也或许是在厚平的纪念仪式上，总之我也不清楚是什么时候，我更愿意相信，是这些个碎片汇聚在一起后，发现自己已经喜欢上她了。

我知道猴子是想安慰我，但他无从下手。我一直以为我和许桥，也能像和猴子一样，通过一件事，一个眼神，就能得到一种确定，成为彼此的知己。

但事实证明我想错了，我和猴子之所以是好朋友，不仅是因为彼此相似，还因为我们都找不到可以说话的人，而年轻让我们有了契机，马上便推心置腹起来。

[二] …就这一条路

01

我刚来附中的时候，发现这里和我想象的并不一样，或者说我看见了想看见的那部分，而另一部分，需要我以身试险，才能得到完整的答案。后来知道这世上的多数事，都是这个逻辑。

和我一样差点分数但花钱补上的学生，被凑到了一个班，有的分数高，所以花的钱少。好像一杆秤，只要你放在上面的东西足够沉，能把秤砣翘起来，门票就归你了。

因为记性好，我选择了学文，被分到二十班。这个班里有成绩好但发挥失常的，也有特长生来混日子的。据说几乎所有老师都不愿意来接这个摊子，好像这个班是颗随时都有危险的定时炸弹。

最后被整个数学组排斥的老张，在这时候毛遂自荐，学校像怕老张反悔一样，当天就把这事定了下来。以往附中筛选班主任都有一个严格的程序，从资历到教学，每项都有一定的评选标准，因为能在附中念书的学生，要么是将来红榜上的招牌，要么是领导或有钱人家的孩子，学校谁也不想得罪，所以班主任必须有能力让所有家长闭嘴。

老张大名叫张涛，一米七五的身高，挺着硕大的肚子配合一个常年三七分的背头，标准中年男人形象。今年已经五十了，在附中教课二十多年，一直没有机会当班主任，但学校里一直流传着老张的传说。老张年轻时是个不折不扣的球迷，高考分数并不高，后来足球加试补了一点分，勉强上了长春师范学院。

毕业后几经辗转来了附中，那时候的张涛是个激进青年，教学方式也被学校和家长们诟病。老张对成绩清心寡欲，鼓励学生寻找兴趣，开办自由教学，校长说老张的教学方法只是让孩子现在开心，但对他们的未来不负责任。

学生的时候，我认为老张是对的。长大以后，我发现校长也没有错。

但老张还是据理力争，他和校长说："想整疯一个孩子的话其实特别简单，你只要不给他隐私，不给他尊严，只给他压力，他就一定会垮掉的。"

后来老张也就没什么机会当班主任，直到学校有了我们这个班，老张觉得机会来了，于是第一次，估计也是退休前最后一次提出申请，要给这个备受瞩目的班级当班主任。

安排我们班的位置也是个麻烦事，挑着整个年级楼层掐头去尾的位置，不能太显眼，因为谁也不能保证班里的秩序，也不能太隐蔽，要方便监视巡查。教导主任是一个留着红色爆炸头的中年妇女，因为个头不高，每次趴窗户偷看都要踮脚，总是显眼的红头发先出现在大家的视线里，紧接着是一张看不清表情的脸，同学们就给她起了个外号，叫大公鸡。

大公鸡虽然趴窗户挺烦的，但人还算好，除了口头教育和写写检讨，并没有难为过同学。有一次高三的同学得了重病，大公鸡捐了自己好几个月的工资，哭得一塌糊涂，学校的良好秩序是她唯一的诉求。

最终，我们班的位置被安排在年级楼层的最里面，紧挨着水房和十九班。隔着窗户，对面是文化艺术中心，大公鸡每天来巡视三次，早中晚各一次，每当标志性的红头发出现在窗口时，班里的信号员就会急咳两声，班里就会迅速安静下来。

大公鸡也就睁一只眼闭一只眼了，她每天都心心念念地想着，孩子淘点就淘点，只要不出事，加上自己看紧些，平平安安把这帮孩子送毕业就行了。

但大公鸡却未能如愿，问题不是出在二十班，而是复读班，我高一下学期的时候，一个叫施厚平的复读生自杀了。在某个寻常的夜晚，他躺在学校的门口，喝下了一整瓶白酒外加一大瓶农药，然后摆正自己的身体，看着城市夜里污浊而又沉静的天空，像迎接一个仪式，云彩缓慢而低沉，好像那里有人在等他。我之所以和猴子成为最好的朋友，也是因为他。

02

夜晚，教学楼里的灯光忽明忽暗，与教学楼隔着一个操场的学校正门口，施厚平第一次也是最后一次仔细张望这个地方。风吹动树叶的沙沙声，好像大家都还在写字做题，而自己只是偷懒打个盹，醒来后还会在案前，一切都会重新开始。

学校里习惯性把复读的学生称为高四，今年是施厚平复读的第三年，大家戏称他已经高六了，算起来差不多够得上本硕连读。施厚平笑了，圆圆的脸上没有多余的表情。

以往经历的每次高考，施厚平的成绩都像一个跷跷板，这一科上去了，那科就会下来，没有平衡的时候，总是够不上理想的学校，分数在本科线上下打滑。第三次高考失败后他父亲又花了不少钱把他送回附中，然后告诉他，无论多少次，只要考不上，就会被送回这里，一直到考上为止。

学校忽然变成一座让人望而却步的囚笼，每次考不上，就代表着“刑期”又要延长，熟悉的老师们开玩笑，厚平又回来啦。他笑一笑敷衍过去，像逃亡一般在学校里潜行。

施厚平的爸爸是农民出身，小时候跟着家里人种地，后来开始倒卖化肥和农药发了家，自己又包了粮库开始慢慢做大。厚平小时候就跟着父亲到处奔走，从一个村落抵达另一个村落。庄稼人买化肥的方式很特别，先在嘴里咬一个小伤口，然后嚼几粒化肥，如果够劲儿够疼，就说明这个化肥好。厚平也是后来才明白这个道理，一样东西如果让你足够疼，你对它的印象就足够深。

无论是一次性施肥不用追肥的一炮轰，还是尿素和二胺，都各有各的挑法，但方式都简陋而可笑，毫无科学道理。农民们抓一把化肥送到嘴边，像是抓着粮食，爸爸指着他们说你不想和他们一样吧，那就好好读书。厚平想和他们一样也没什么不好，但是不敢说出来，他看着父亲在化肥里掺混着其他颗粒，卖的农药也勾兑了不少的白水，心里想成为谁也不要成为你。

第三次落榜后，整个暑假施厚平都被父亲关在家里，每天有不同的大学生来家里帮他补课。那些来的学生仿佛都带着救赎的骄傲，授课的姿态和说教，时刻标榜着自己刚刚摆正的人生，堂而皇之地告诉他该怎样追求自己的生活。

复读班和其他班不一样，没那么多生气，大家都是从战场上下来的人，见过市面，没那么多凭空的热情和对未来的憧憬。他们已经熟悉了规则，不再需要摸索，按部就班地往前跑就好。

没有交流也没有鼓励，身边的人换了一拨又一拨，老师们习惯性地调侃厚平，每一年他的位置都不曾变化，像一个固定的“王位”，无法被人轻易撼动。附中唯一一个高六的学生，人们当面谈论他，成了一个津津乐道的话题，每天都有在风口浪尖的讽刺，厚平感觉自己比任何人老得都要快。要是人生能快进，一切都结束就好了。

第一次有自杀这个想法，是听父亲说有农民喝了他们家的农药自杀，结果农药纯度不够，人又给救回来了，父亲觉得真是一件功德无量的事。厚平苦笑，想着这算走运还是倒霉啊，要是一时冲动，自杀的人会多高兴，要是真心想离开，他又得多难受呢，二世为人不见得都是好事。

从头再来又失败的感觉太绝望了，不是谁都有从头再来的勇气。

从那天起，厚平开始攒安眠药。不能一次性买太多，药房不卖，只能在不同的地点一点点买。多少颗够走一回呢？厚平在小说里看过，最少也得一小瓶几十颗，太慢了，而且被人发现后洗洗胃就又会救回来，那就太惨了，自己这个笑话就又会被放大，人们又会谈论起他，失败的游戏里连退出的选项都没有。

后来他想起喝农药这回事，先是偷了他爸一瓶白酒壮胆，据说这样也能减轻农药的疼痛，一般喝下农药的人内脏都会腐烂，样子像切开的丝瓜，灼伤让人痛不欲生，白酒是最好的镇痛剂。但是厚平没有拿自家的农药，他知道自家的东西几斤几两，他想着多去几家农用店看看，可谁能保证别人家不是勾兑的呢，想到这厚平笑了，他喝一口白酒，呛得直掉眼泪。

后来谁也不知道他从哪弄的农药，是从家里拿的，还是在外面买的，总之他在那个静谧又寻常的夜晚，醉醺醺地倒在了学校门口。在保安和路人都没有注意到他时，身边的呕吐物和萦绕不散的酒气，也为他打好了掩护，他偷偷地闯过那道关卡，然后步履不停地离去。

放学后同学们从学校里走出来，有的人停下来看了看施厚平，闻到了酒气后识相地绕开，密集而又统一的人群路过厚平，浅蓝色校服像是清澈的河流冲洗一块暗沉的礁石，学生们捂着嘴绕开一个醉酒学生的笑话，像是绕开一段废弃的人生。人群里没有他的同学，复读班的人懒得互相熟悉，没有人认领他。

直到人群走散，保安和老师们围了上来，一个人先开口说，这孩子也太不像话了，醉成这样，等醒了看看他是哪个班的，要他在升旗仪式之前好好出风头。

后来老师和保安都下班了，学校里灯都灭得差不多了，一个女生悄悄地从学校里走出来，不紧不慢，好像故意要等所有人都走了，她才肯走。当她走出大门，遇见门口躺着的厚平，慢慢地靠近，蹲下来看着厚平，然后哭了出来，声音越来越大，有人骑着自行车路过，也停下来看，对面超市的小店也有人探出脑袋。

03

第二天早上，大公鸡没有照常来巡视各班，望风的同学说今天不太对啊。直到消息在各个班级之间传开，有人想起来昨天晚上曾见过躺在校门口的厚平，有人努力回想也不记得校门口躺着这样一个人。

大家的记忆模糊的越来越模糊，具体的越来越具体，为厚平编织着各种故事。有人说厚平当时是醒着的，有人说他当时脸已经绿了，各种猜测和怀疑，不同的嘴里有不同的版本。

消息传到二十班，老张低头难受了很长时间，他站在讲台上对下面的学生说："人的一生会有许多个身份，学生，儿女，或者父母，这些都会是你们的身份，每一个身份里都有相应匹配的权力和责任。身份不会持久，所以相应的痛苦也不会，人会经历不同的世界，有不同的困惑，千万不要因为一时的不解而放弃整个人生，因为此刻身份里你所不解的问题，答案可能就在下一个身份里，千万不要放弃。"

我听了老张的话愣了一会儿，想着自己的人生会有答案吗？或许自己连问题都没有问对。

隔了两天，施厚平的家长来学校收拾孩子的遗物，走廊里哭声震天，路过的每个班级都被触动。老师们苦口婆心地对同学说，施厚平的做法太不负责了，他这么做想过家长的感受吗？

流泪的学生们有着四分五裂的表情，有的伤心，有的疑惑，但是大部分的人都哭了。我没有哭，忽然想起小时候换班主任，所有人都哭了，我没有，大伙说我冷血，说我没感情，我很难过，我把这件事告诉了我爷爷。爷爷对我说，不哭就不哭吧，什么时候你敢和别人不一样了，能承受和别人不一样的后果了，你就真正地长大了，也真正地了解自己了。

厚平的父母路过二十班，瘫坐在地上，哭喊着说："他死都没有死在教室里，还想着大家都能上课，他是个好孩子啊。"

搀扶的老师们纷纷附和，是啊，是个好孩子。班级里一片死寂，我后座不远处忽然有人说："你们现在才觉得那是个人，会喘气的人。"

我回头，一个清瘦的男生面无表情地望着窗外，脸颊内凹，棱角分明，一双圆眼，认真又冷漠。好像是他无意中说的一句话，我却听得格外清楚。

家长被扶着走远，历史老师在讲台上说："他受了近二十年的教育，因为一时冲动而做出了极端的选择，一个家庭这二十年的努力就全部付之东流。同样的道理，你们也要时刻记得为自己的选择负责。"

"他不是一时冲动，不是心血来潮，他是忍受了太久，没有解决办法，只能选择死。"

又是同一个人说的，只有后面的一小撮人听见了，大家回头看了看他，又把头转回去，没有关心他话里的意思，就像没人关心施厚平的死因一样。

我侧过头看了看那个男孩，和他对视了一会儿，我们是班里少有的两个没哭的人。

等老师搀着家长走远了，那个男生请假去了厕所，我也请假跟了出去。我们一前一后地绕出教学楼，绕到后门锅炉房旁边的围墙那里，借着墙面的凹凸不平，清瘦男孩轻松地攀爬上去，然后俯视着跟在后面的我。

我问他："你刚才说的，什么意思啊？"

坐在墙上的男孩说："没什么意思，我就是觉得一个人已经自杀了，周围的人还是不能理解他的痛苦。"

我觉得他说出了我想说的话，他把我拉到了墙上，问我："你叫什么？"

"刘让秋。"

"哦，我叫王国俊，别人都叫我猴子。"

好像施厚平的死，把我和猴子连接在了一起，他是我交到的在附中第一个真正意义上的朋友。猴子的话让我的疑问和不解都有了依靠，我不是这世界的异类，于是本能地跟着猴子逃出班级，逃出那个集体。

我们一起横跨在墙上，瞧着被分割开的世界，一边是外面的流光溢彩，网吧餐馆旅店放映厅，像一个个张开血盆大口的野兽，贪婪地等待着吸吮我们的青春。我从围城的这边爬上去，跟着猴子在世界的另一端跳下来，接着绕开后墙直到学校正门。

在正门停留了一小会儿，那里依旧秩序井然，完全不像是有一个人昨晚在这里去世，学校为了掩人耳目只能低调处理，正门依旧干净而庄重。我走过去，同样在正门躺下来，尝试着用施厚平的角度认真地看着学校。通过电子金属拉门底部的缝隙，目光一路过去，走进学校，沿着正门大道一路往前走，直至走过操场，走过阶梯，走到目光无法抵达之处。

我小声嘀咕："你说他躺在这儿的时候，心里会想点什么呢。"

猴子听见了，也蹲了下来，随即点了根烟，使劲嘬了一口说："肯定是看见了一条路啊。"

"就这一条路啊。"

[三] …许桥

01

厚平的事刚过去不久，学校准备召开家长会，了解学生的心理状态。我说我爸出车，家里没人能来，老张没找我麻烦，但主任斥责了我，猴子家里也没来人，可没人斥责猴子，因为猴子家里有些背景。

区别对待让我心里不爽，于是趁着晚上放学没人，我报复性地把一楼厕所的男女门牌给换了，导致家长会时许多家长走错。学校处罚我打扫一个月厕所，猴子留下陪我。

晚上所有人放学了，离厕所最近的十九班老师压了一会儿堂，等我和猴子打扫完离开了，十九班放学又去了一次厕所。第二天老师检查卫生，痛批了我一顿。

于是我和猴子展开了第二次报复，我们把一楼所有班级的门牌都给扔了，包括我们班的。

校长在广播里说，对高一二十班就一个要求，不妨碍其他班级教学秩序。老张听见广播时非常不高兴，但他还是没说什么，单独把我和猴子叫出去，挨个班级去道歉。我和老张说没猴子什么事，都是我一个人干的，你让他回去吧。

老张挥了挥手，让猴子回班，在班门口问我："先说，男女厕所是因为什么啊？"

我用开玩笑的语气说："没因为什么，我就是心里不平衡。"

老张捋了捋三七分的头发说："我知道他们这样做不对，替他们和你道个歉。"

听见老师这样说，我反而觉得不好意思，开始示弱地说："老师是我错了，无论如何我不该把门牌换了扔了，还拉猴子下水。"

老张笑了，说："你不用道歉，人和人之间本来就是平等的，不能因为家庭背景不同，就让一个学生凌驾于另一个学生之上。你只是在为自己呐喊，这是你身体里不屈服强权的勇敢。"

我当时就决定以后尽量不给老张添麻烦，许多时候我觉得这正是老张的高明之处，他知道所有年轻的任性和愤怒都是虚张声势，你越暴戾地管制，反弹就会越大。但当你温柔地对他们坦诚，他们反倒不知该如何是好。

有一回我和猴子下午上课迟到了很久，老张开始还挺生气的，问我们干什么去了，猴子说中午在桂林路吃饭耽误了时间。

老张问吃什么那么长时间。

猴子说吃的罐罐面。老张脸色大变，压低了声音问："好不好吃？"

猴子爱吃，家里条件好，经常请客，桌子里总是藏着各种零食和小吃。每天吃饭的时间也非常随机，像得了暴饮暴食的病，但是体重却始终上不去，麻秆儿一样的身材，名副其实的猴子。

我们俩也经常逃课，有时候还上着课呢，我请假上厕所，猴子也跟着出去。我们俩就会去老地方翻墙，有时出去上网吧，有时就是坐在墙上聊天。

老张要是见去厕所的人没回来，就会在班级里喊："有些学生啊，从尿道就跑了。"

我和猴子都很喜欢坐在墙上，等着下课，看着学生们涌向操场。每个人都是笑着的，跑着的，都特别开心，我就会觉得无比轻松。

可是遇见许桥之后，坐在墙上等下课，变成了一件让人紧张的事情，每当铃响人群从教学楼里出来，我都会焦急地寻找。

猴子曾经问过我，第一次见到许桥是什么时候，我抬起头回忆了一会儿说，这还要拜你所赐呢！

02

有一次前桌的女生站起来回答问题，裤子夹到了屁股缝里，猴子站起来帮女生拽了出来，女生回头骂他流氓。猴子一愣，无奈地又用笔把裤子捅回屁股缝里。

我憋不住笑出了声，老师听见了，把我赶到走廊里罚站，风吹得走廊窗户开合作响，透过窗可以看见高三那边，隔着铁门也能看见学生来来去去。我想着自己早晚也得到那边去，是不是又回到和初中一样的日子了呢。

就在我想得出神的时候，走廊尽头教导主任大公鸡带着一个家长边走边聊，一个劲儿地客气寒暄，后面跟着一个低头走路的女生。眼看着快要走到二十班门口了，却停下来折返回去，一边走一边说门牌都坏了，自己老是走窜。

我踮起脚想看后面女生的脸，但怎么也瞧不见。大公鸡指着我说："刘让秋你好好站着，这星期第几回了？"

我嬉皮笑脸地打马虎眼，竖起耳朵听见大公鸡和隔壁十九班的班主任王老师交谈，"新来的转校生，就安插在你们班了，希望王老师照顾一下"，诸如此类的话。

说到这大公鸡抬起头找了很久十九班的门牌，没找到，皱了皱眉，马上又换回一副讨好的表情，继续围着那个家长聊天。

我看见大公鸡的样子感觉好笑，就笑出了声。跟在他们身后的女生一直没有抬头，直到听见了我的笑声，朝着我这边看了一眼。

我们对视了一会儿，女孩很瘦，长得干净，精致的脸上没有任何表情，眼睛大得像一泊湖水。

铃声响起，老师和学生一起走出来，遮遮挡挡地路过我们，女孩被老师领进教室。猴子也走出来，看见我傻愣愣地直视着十九班门口，也转身看去，什么也没看见。

我在脑海里想了很久，该怎样和猴子形容这个女孩。她的脸上什么都有，也什么都没有，那是一个复杂的表情搭配了一张干净的面孔，好像早已走过了一个完整的人生，苦乐参半后终归平静。

接下来的几天，我都没有再见过这个女孩。第二周周一的课间操，所有学生都到操场听国旗下的演讲，因为门牌的事，猴子和我被罚继续打扫走廊。

我们俩在走廊像蜗牛一样缓慢地拖地，猴子忽然停下来，做了个“嘘”的姿势。我也停下来，按照猴子的意思竖起耳朵听，像是一个女孩在唱歌，声音婉转，袅袅婷婷。

循着声音的来源，摸到了十九班门口，然后趴在后门边上，看见了一个边擦黑板，边唱歌的女孩。自始至终，女孩都没有转过身来，猴子只记得歌声好听，只有我认识这个女孩的轮廓和背影。

那是我第二次遇见许桥，在十九班门口，当时还不知道她的名字，听她唱不知道什么名字的歌。她的样子我也很模糊，当时还没有觉得自己喜欢她，但后来的感觉像是一个玩拼图的游戏，手上已经有了两块，于是开始对她好奇，每天都想见到她，心心念念想把其他的补上。自以为是好奇心作祟，其实从那时开始，她就已经在我心里住下了。

03

第二天上午没有老张的课，早自习猴子丢下书包叫我逃课，我嘴上说老张对我们挺好的，我们也该适可而止。其实只是想留在学校，趁着下课的时候，在十九班门口转转，看看能不能遇见她。

猴子自己出去了，我趴在座位上胡思乱想。就在昏昏欲睡的时候，班里忽然议论纷纷，我耷拉着脑袋看教室前面，一个熟悉的竖着马尾的女生背对着坐在我前面几排的位置，同学们都好奇地看着她。

旁边的男生挪过去问，同学你是哪个班的？

女孩先是一抖，然后惊讶地看着提问的男生，说："我是十九班的啊。"

男生笑了，你是新来的吧，这是二十班，十九班在隔壁。

女孩背起书包快速走出教室，她低着头，有点紧张又有点尴尬，故意把头埋得很深，但我还是伸长脖子瞟了一眼女孩的侧脸，原来是她啊。

下课的时候我故意路过十九班门口，然后放慢速度往里看，但是能把握的时间太短，路过门口的那几秒想看见一个人不那么容易，我试了几次都不行。即使放学我以最快的速度冲出教室，在走廊的门口目送每一个同学离开，也没见到她。有时候觉得她像一个幻觉，在某个特定时刻，才会出现在我周围，而这个时刻，就像许多事情一样，不能被我所把握。

隔了两天的早上，又是早自习，同学们陆陆续续走进教室，我半睡半醒地看着窗外发呆。议论声又从前排传过来，她又来了，坐在了我们班里，和上次一样的位置。

还是上次提醒她的那个男生，这次加重了语气，他大声说："同学，你又走错了。"

她惊慌地四处打量了一圈，匆匆起身出去，屋里的同学们笑作一团，这是第二次了。经过这个看似很笨的失误，关于她的新闻一下多起来，有人说她是新来的，已经转了几个学校，据说她基本不和别人说话，而且很没礼貌，遇见老师同学都不打招呼。整个上午，我从别人的议论中截获的关于她的信息都不是很正面。

我忽然想起自己小时候也是，不太爱说话，永远是班里最没存在感的一个，到哪都格格不入，被区别对待，干什么都被人紧紧盯着，像是等着我犯错一样。我也不想那样，可又能改变什么呢。

我忽然觉得她就和小时候的我一样，所以关于她的传言我都不信，总觉得应该还有一个真相，人总是会去相信自己愿意面对的那一部分。

我的欲望变得强烈，想认识她，了解她，然后把真相告诉所有人，告诉他们那些都是谣言。

我也分不清我是同情她，还是为自己反驳。

几天后的一个早上，她又出现在我们班，习惯性地再次坐到那个座位上，整个过程所有人都看在眼里，却没有一个人提醒她。直到她心安理得地坐在那个座位上，其他人才开始哄笑。

她这才如梦初醒般知道自己又走错了，虽然故作淡定，但还是有些难堪，站起来往外走，却被几个刚进来看笑话的男生堵住了，他们就站在原地笑，没有让开的意思。那时候男生总是沉迷于捉弄女生，以此来填补内心的自卑，仿佛把女生拉得低一点，他们就离得近一点。

她就低着头死死盯着地面，面无表情，脸上好像什么都有，也什么都没有，只是等着大家都笑完了，自己也就能出去了。

我看见了她，又好像看见了我自己，我朝着堵住门口的男生大喊："让开。"

教室里的笑声似鸟闻枪一般飞散，男生们让开了一条路，她一边往前走，一边看着我。直到她走出教室，我还在想，她应该算是记住我了，就凭这一次，应该是对我有印象了。

04

我问猴子，厚平会有葬礼吗？

猴子说肯定有啊，一般人没了以后几天内肯定要发丧。

我看着校门口，就好像什么事都没发生过一样，才过两天，大伙就好像忘了曾经有这么个人，觉得心里难受，更让我难受的是，听说唯一一个在当时发现厚平过世的人是她。我想象那时候她哭得有多伤心，她是和这个人认识吗，还是只是出于人本能的悲伤？

我和猴子说，我们也搞个纪念仪式吧，别让他在学校门口白走一回。

猴子吐了口烟圈，说可以啊，你想怎么搞？

我先去买了两箱蜡烛，然后在校园公示的黑板上贴了手写的纪念活动海报，被撕了一次。我又偷偷贴了一张，外面包了几层透明胶布，再次路过黑板时我看见海报还在，只是上面多了几个抓痕，我觉得老师可能已经放弃了。

厚平头七的那天晚自习放学，我和猴子在校门口把厚平躺过的那块地画了个圈出来，一人点了一根蜡烛。猴子还立了几根烟，自言自语地说这玩意对身体不好，但能给你解愁，你说你当时要找我抽几根烟，或许就不至于走那么急。

我当时没想说什么，但是看见猴子说了，我也跟着难过起来，也学着他，跟厚平聊天。我说其实我挺理解你的，生活真的挺没意思的，没什么人关心你，真正在意你，也不知道自己未来在哪，变成了活也活不好，死也死不成的人。你挺勇敢的，比我强，但你没我爷爷强，我爷爷是我见过最勇敢的人，他之所以勇敢，不是因为他不怕死，而是因为知道自己要死了，还挺着活了一段时间，为了我，痛苦地活了一段时间。

在我和猴子的蜡烛点起来以后，陆陆续续有几个早退路过这里的人加入了我们，他们也点起蜡烛，自言自语起来。放学铃响了，学生们涌出来，有越来越多的人加入我们，他们也学着我们之前的样子，点上蜡烛，和厚平聊一会儿，其实也都是说自己的心事。

学校门口围着一圈烛火，放学的学生们绕开烛火，就像那一晚他们绕开厚平一样。停下来送上纪念的同学，借着机会露出脆弱的一面。我站在烛火中央，感觉眼睛和脸都被烘得滚烫。

直到学生都走得差不多了，我透过烛火，看见她从学校里走出来，不知道是不是幻觉，为了确认，我只能从烛光中走出来，绕到侧面，和她站在一起。她还是和第一次见面时一样腼腆，低着头，偶尔抬起来瞟我一眼，又迅速低头。

我们尴尬地站了一会儿，她忽然指着我脚旁边放蜡烛的箱子问：

“我能拿一根吗？”

我愣了一下，反应过来后拼命点头，然后拿出蜡烛，递给她。她拿着蜡烛走到前面，闭着眼睛想了一会儿，好像也在和厚平聊天，只是她把心里话咽了回去。

然后她借着别的烛火，给自己的蜡烛点上摆好，退了几步，抬头看着天。我拿出一个孔明灯，想最后送厚平一程，我在灯上写了自己的名字，然后递给猴子，传递下去，最后传到女孩手里，她刷刷写好后，我借机会把孔明灯拿回来，看到她的名字，许桥。

最后，所有人都看着灯火缓缓升空，好像真的是个人在这飞走了。借着离她近的机会，我厚着脸皮搭讪，第一次叫了她的名字，我说许桥，你好，我是二十班的，叫刘让秋，听说是你发现厚平的，你认识他吗？

许桥摇摇头，她捂住嘴，好像又要哭出来，转身走了。

猴子蹭过来，打了一下我的肚子问：“你办这个葬礼，是为了那女孩么？”

我闭上眼，这时许桥的样子忽然模糊起来，即使她刚刚就在我身边。而每一个纪念厚平的人，晚上放学人群绕开灯火绕开那些痛苦的景象，却在我脑海里渐渐清晰起来，好像有意和脑海里的一切重叠。我告诉猴子，我不是为了她，人这一辈子，葬礼是最重要的。

[四] …葬礼

01

我爷一边做饭一边和我说，编筐窝篓，重在收口，这人啊一辈子活成什么样，全看他走的时候有多少人送，葬礼，是最重要的。

我当时太小，没参加过葬礼，所以好奇，想着我妈和我奶都是不告而别，她们走的时候有人送吗？我不知道她们为什么走，但如果能知道她们是怎么走的，或许就能有所推断，也许还会知道她们去了哪。

我爷可能也不知道和我说这事到底好不好，他总想我能明白，人和人之间都是走着走着忽然就散了，葬礼是唯一能补上的告别。他想我能理解，也想我爸理解，他找了这么多年的奶奶，就是希望补上这一个告别。

其实他不解释，大伙也能理解，如果条件允许，谁也不想去葬礼还带个孩子。人活着总会犯这样的错误，一个问题答不上来，总想用另一个答案死命填上，不管对不对得上，好像填上了，这事就算了了，心里的石头也就落了地，甭管是不是砸脚面上了。

整条繁荣路没有人不认识我们，一个老头带着一孩子，拿着一大把寻人启事，从早走到晚。我们俩经常沿着繁荣路走到人民大街，沿着长春的主干道往湖滨路方向走，路边大杨树四季的落叶我都收集齐了，走过一条路，我就能记下一条路的样子。整个长春变成一张地图，在我的脑海里不断加载，慢慢地，我变成了我爷的地图。

民警抓过我们一次，告诉我爷不让乱贴乱画，跟老头聊了一会儿给放了，后来找我爸，又聊过一次。整个过程我爸就说了三句话，我明白，我回去说他，就这么着吧。好像我爷不是他父亲，我也不是他孩子，他比谁都看得透，生不带来死不带去的。

葬礼当天下雨，繁荣路上没什么人，好像为了配合葬礼一般萧杀。最近几年自家附近这块变化很大，前后出现了很多新小区，花花绿绿包裹着片区破败的内在。建筑焕然一新，街道也年轻起来。

我爷看着这些新房子，念叨着，都变样了，人活了一辈子能有什么，只剩下这点念想，何况这念想也不是你能选的。记忆是非常任性的，你没法决定自己能记住什么，忘记什么。这段话被我听见了，当时并不能领会我爷的意思，只是记下了。

爷爷和我说，我们去送的，是他的好朋友，叫胡济民，年长他一岁。我爷爷说这人像他哥一样，干什么事都早他一步，做事也胆大。他是第一个带我爷爷喝酒的人，也是第一个带他看电影的人。

第一次脑血栓犯病后，胡济民连话都说不了，只能拽着我爷哆哆嗦嗦地哭，他的嘴不受控制，呜咽几句出来，根本听不清什么意思，但是我爷从他的眼睛里看见了那种害怕。我爷当时也吓坏了，原来你也会害怕。

葬礼上老胡儿女恭敬地接待吊唁的宾客，他们显然累了，真正的悲伤外面，包裹着一层表演型的悲伤，外面的悲伤将里面的悲伤累透了，到后来他们也分不清是真的悲已经过去了，还是真的悲已经累了。他们变成了葬礼的主角，所有人都看着他们的表情动作，又各自揣着心事。

02

我爷当时也有这样的苦恼，在葬礼上，即使我们已经坐到最边上的位置，但只要有熟人看见我们，无论多远，都要过来和我们寒暄。

几乎套路都一样，先摸摸我的脑袋，然后问我爷："亚芬有消息吗？找了这么多年，真不容易。"

在我爷寻找我奶的日子里，这些话一直跟在他后面，像一种鼓励，又像一种监视和绑架，胁迫他不断追寻。开始他收着大家的好意，到后来，我爷更想听些真话，哪怕有人和他说“别找了，找不到了”。

他也觉得这些话比“不容易”或者“能找到”要好听。

没人打扰的时候，我爷目光散落在四周。灵堂对面的超市里播着午间新闻，有老朋友路过，顺着爷爷的视线摸过去，问他：“你在电视上登过广告吗？你试试看，上电视有效果。”

我爷胡乱应着，电视新闻里说好像准备承办什么大型赛事，要传递火炬，又好像有领导要来。

那天回去的路上雨忽然大起来，快到人民大街发现有段路被封了，正在抢修。据说长春承办的赛事火炬传递就走人民大街，到时候这里全是媒体、安保和工作人员，全国的眼睛都会看向这。

修好的路去掉了围墙，留了些栅栏，新铺的柏油路颜色更深，与旧路分割两段，遥遥相望，道路两旁车水马龙。我爷不停地摇头，念叨着如果我奶回来，她还能找得到家吗？她还认识路吗？

我问我爷：“为什么要修新路啊？”

我爷说：“因为要上电视，播出哪条路，他们就修哪条。到时候电视台啊，运动员啊，他们都从这走，全国的人都看得见。”

话刚说完，我爷又回头看了一眼修好的新路，忽然想起什么，嘀嘀咕咕反复念叨着：新闻，电视，全国的人都看。几乎在那一瞬间，我爷笑了，好像发现了什么好事，他已经很久没有这样的表情了，眉头展开，皱纹也放松，好像忘记了今天的难过。

我像是要故意提醒他：“爷啊，人死了为什么一定要有葬礼啊。”

他说：“葬礼是人这辈子最重要的事。你看那些平时根本不在意他的人，今天全都在意他了，以前想不起来的好，今天也全都想起来了，再不好好聊聊这个人，以后就再也想不起来了，葬礼是给活人看的。”

“那我奶奶怎么就没有葬礼，她也早就忘了我们吗？”

这次我爷答不上来了，他慢下来，也试着学我一样提问，是啊，你也忘了我们吗？潘亚芬你在哪呢？你知道你长春还有个家吗？

雨还在下，在我的指引下，我们俩抄了近路，小道泥泞弯曲，爷爷抱起我，自己踩了一裤腿的泥。屋檐下的人都看着我们，看着爷爷托着我笨拙地蹚过一个个泥潭。一边走，我爷一边夸我说：“我们让秋真聪明，到哪都认识路。跟爷爷说说你都记得哪的路？”

我说：“我记得重庆路，商店多，有华童玩具店，那里的大黄蜂十块零八毛，西安大路有超人店，友谊商店卖响尾蛇，绿园有小神龙店……”

说着说着我爷的笑容没了，他的皱纹又挤到一起，好像觉得很难受，叹了口气说，唉，大孙子喜欢这个，爷爷一个玩具也没给你买过。

我好像察觉到了爷爷的不对，抬起头看着他说：“爷，我不要，想要了我就自己买，你看。”

说完，我从口袋里掏出一把零钱，五毛，一块，这些零花钱都浸了汗渍，在我掌心卷缩成一团，风吹着它们微微摆动，像不习惯雨天的瑟瑟发抖。我爷看了我一眼，然后把脸别过去，一边擦，一边说雨太大了。

03

傍晚吃完饭雨就停了，我爷带着我散步，从繁荣路走到湖滨路，又走到湖宁路。好像他年轻时候去地里看庄稼一样，小心翼翼地踩点，目测距离，盘算时间，又沿着去的路线绕了回来。

湖滨路有个教学生画画的画室，叫王守业画室，好像是师大一个教授开的。我爷在那捡了块没人要的二开画板，把打印好的寻人启事贴上去，然后带着画板在镜子前不安地走来走去。

传递活动到长春的这天，我爷很早就起来了，其实他也没怎么睡，电视里全是活动到来的新闻。他把大画板拿出来，领着我出了门。

城市气氛不同以往，但人们并没有因为仪式或庆典而有所停留。我爷和我叮叮当当地下楼，打扰了小区一个上午的宁静，一群老邻居提着早餐，拿着木剑，直愣愣地看着我们爷俩走出小区，他们知道这又是要去打广告了，具体去哪他们不清楚。

我们俩安静地沿着繁荣路走，地图在我脑海里加载，快到与人民大街交汇的地方，再“大回”，沿着大街一路下去，有省总工会、紫金花大酒店，再远一点还有省实验中学，都是好地方，都是盛世。但是繁荣路却没怎么变过，除了新盖的成片西式小区，有时我看着花花绿绿的洋房，想着这是不是就算繁荣了。

虽然早早到了街边，但人民大街两旁已经围了不少人。我爷有点懊恼，怪自己还是来晚了，他沿着游行队伍的反方向走出去两站地，走过了空军航空大学、水利局，快到卫星广场时站住了脚，人还是一样密集，他又原路折返回去，不停寻找人群的缝隙。

太阳烤得人们心浮气躁，风吹起一阵热气，一个和我爷年纪相仿的老农，挑着担子里的橘子和矿泉水到处吆喝。快到中午时，有几辆探路车开过去，工作人员出出进进，他们的紧张装点着仪式的序幕。

很快，一个穿着正式的人站在了街道中心，像电视里跑出来的，拿着对讲机不停地说话，我爷反复回想着他在新闻里看到的工作人员都是这样的，他到了，游行队伍也快了。

又过了一会儿，一个工作人员开始向后跑，街道远处有车队驶过来。道路两旁的人群像发力的肌肉般迅速紧张起来。我爷到处找缝想钻进去，又被推搡着挤出来，反复几次，人群里传出了骂声。

这样的纠缠持续了一会儿，也没有看见游行队伍过来，我爷筋疲力尽地坐在路边喘气。卖水果的老农走到他身边，用试探的目光看了一会儿，又把装橘子的筐挑近了些。我爷摆摆手，继续原地喘气。

我走过去帮他擦了擦汗，他领着我走到后面的一个超市边上，买了根冰棍，让我在超市门口边吃边等。我举着冰棍，看着他步履蹒跚地走远。

等我爷刚刚回到街边，人群就炸开了声。这回真来了，欢呼声像浪潮一样传递过来，一波接着一波，人们交替地挥舞着手中的小旗，游行队伍的汽笛和喇叭层交叠在一起，像电流一般传递街道中心。我爷看不见街道上面走着什么人，他只能靠着呼声传递的位置来判断头车摄像机的位置。

排山倒海的欢呼声终于到了繁荣路，我爷拼命往里挤，力气不够，连第一层都没撞开。他换了方式，跳起来，把自己扔进人群，却又被弹回来。眼看着欢呼声就要过去，他急得跳脚，只能请前面的人让一让，声音很快就被淹没了，最后他看着两旁的人群逐渐从街道边的隔离栏上脱落下来，开始追着车队欢呼。

这次我爷终于找到了人群的缝隙，他钻进去，一边跑，一边对着队伍前面若隐若现的摄影车举着画板喊："我爱人叫潘亚芬，她今年七十二了，五年前在长春去外地时走失了，请看见的人和我联系。我爱人叫潘亚芬，今年七十二……"

身边不断有人超过他，有的人偶尔回头看，有的直接把他远远地甩在后面。场面越来越混乱，我爷被拥挤的人潮直接撞翻，重重摔在地上，画板甩出几米远。许多人看一眼地上的这个老头，又绕开他继续向前冲。

我爷再也没有力气站起来，他躺在地上侧身蜷缩成一团，像一颗蛹，横躺进小腿的河流，偶尔有路过的脚踢打着他的身体。他努力睁开眼，隐约看见那个挑着扁担卖货的老农，在惊慌失措地捡自己被撞翻散落的橘子，许多都被人踩烂了，老农先把好的橘子捡起来丢进筐里，又去抠地上被踩扁的那些。

等人群都走过去了，老农看见躺在不远处的我爷，丢下担子跑过来，扶着我爷躺在他怀里，又掏出一个橘子，用手捏出一些黄汁滴进我爷的嘴里。

人群远去，留下一地的狼狈。老农还是一个橘子接一个橘子地捏给我爷喝。等我爷渐渐缓过来，血糖恢复，呼吸平稳，他好像想说句谢谢，试了几次都没有发出声，最后他撑足了一口气想说话，却被嘴里的橘子汁呛到了，他咳了几声，黄色的液体从口中流出来。

我爷看了看老农满脸的汗水和一手的橘子汁，把头仰到后面去，倒视着远去的队伍、人群、被踩碎的画板。他把脑袋收了回来，好像又想起刚才老农跪在地上抠橘子那一幕，忽然止不住地大哭起来。

我在不远处看着，哭声从他那传到我这里，我低头，手上的冰棍早就化了，我紧紧攥着木筷子，好像最珍贵的已经被弄丢了。

其实在我爷开始往前跑的时候，我也跟着他跑了起来。他是在找奶奶，而我是怕他也这样走掉，怕他像妈妈或奶奶一样，不告而别，连葬礼都没有。

可等我看见我爷哭了的时候，我觉得他那么难受，那么痛苦，我不该追上来，不该变成他的累赘。

[五]…第一场雪

01

表白失败后我升了高二，上学期几乎没好好上过课，我怕在学校看见许桥，怕她继续对我视而不见。但更多的是我想不明白，不是想不明白许桥，是想不明白自己为什么火急火燎地去表白，把人家吓到了，还是说她根本就不想理我，而我只是在不断找理由给自己开脱。

快学期末的时候天转凉了，我也就懒得逃课了，每天都窝在教室里睡觉。学校每周五下午的三四节课要大扫除，各班自己安排人打扫，但总有几个什么都不干的男生，他们打球，逃课，到处乱窜，在走廊里看擦玻璃的女生，拉帮结派地捣乱。

有一次扫除的时候我在睡觉，走廊忽然传来一阵尖叫，我从座位上坐起来斜看着门外，十九班的南怀树带着几个男生，在走廊里拿着一个化妆盒翻来翻去，另一边两个人按着一个声嘶力竭的男生。那个男生看着很瘦，白白净净，他的叫喊全被起哄声冲掉了，我走到门口，靠墙看热闹。

地上散落着眉笔、乳液、粉底，不一会儿就围了很多人，被按住的男生用力挣脱开束缚，冲过去抢那个化妆盒，南怀树把盒子举高，男生跳起来拼命去抓，但还是够不到。他太矮了，偏偏南怀树又高，长得粗壮，举着战利品像跃跃欲试的猎手，在毫无悬念的捕猎中，寻找一丝挑逗的乐趣。

男生脸憋得通红，整个人急得快哭了，围观的人越来越多，他也有些累了，动作越来越慢，像是快要放弃，这种疲倦反倒成了鼓励，勾起了对方新的践踏欲。

南怀树又把化妆盒在男生脸前晃了晃，想告诉所有围观的同学，这个化妆盒来自一个男生，一个他们班里最像小白脸的男生。

他把盒子丢给另外一个帮手，那个人自己翻了一会儿，又丢向另外一边，任由下一个人摆布。被抢的男生就坐在地上，直直地盯着空中的化妆盒。

我看了看身边和我一起围观的同学，好像围观是他们的一种常态，把一个人从这头扔过去，那边的人接住，跟着一起欢呼。他们当中大部分人也被南怀树欺负过，或许他们也曾愤怒，憎恨，可一旦有了替代自己受欺凌的对象，又会反过来，成为自己曾经最恨的那种人，站在人墙里看热闹。

化妆盒忽然掉在了地上，好像是南怀树没接住，滚到了一个女生的脚边，她弯腰捡起，然后抬头紧张地看着周围的人。我踮起脚才看见，捡起化妆盒的那个女生正是许桥。

南怀树走过去，对许桥伸出手，想要化妆盒。许桥把盒子紧紧握在手里，低头躲闪着别人的目光，并没有要给他的意思。

南怀树又要了一遍，许桥还是没给，但是她手抖得厉害了，已经露出明显的血管和青筋。围观的同学也来了兴致，他们起哄，发出嘘声，把讨要的人抬到了一个台阶上，他下不来了，他可笑的自尊心也在上面。气急败坏的南怀树直接伸手去抢，拽着化妆盒把许桥拉了一个趔趄。

像身上的某个开关被人打开，我第一时间冲过去给了南怀树一拳，他躺在地上，满脸惊讶，我用最不屑的眼神看着他，好像从来没把他放在眼里过。南怀树愤怒地大喊，显得很有气势，好像要让愤怒盖过恐惧。

我不在乎他做什么，甚至没有去留意许桥，我只是习惯性地摸摸受伤的左手腕，然后拽住他的头发开始打。猴子和我说过，无论对方多强悍，只要你抓住了他的头发，这场仗你就赢了一半。

走廊上乱作一团，十九班的几个人也冲过来帮忙，很快我就处于下风。就在我招架不住马上要倒下时，猴子和我们班班长高远从外面回来，他们冲进来帮我。

女生都跑开了，只有许桥绕着人群，把手里的化妆盒还给了那个男生，然后两个人弯着腰，绕开人群，跑回了教室。

这时候教导主任突然出现在走廊尽头，学生们作兽鸟散，我、猴子还有高远被带到了办公室，南怀树被直接送去医务室包扎伤口。

办公室里大公鸡唉声叹气，你们几个可以啊，高一就这么嚣张，打架都不挑地方了，直接在走廊里，青出于蓝，比你们学长勇敢多了。说说吧，因为点什么啊。

我想说我是惩恶扬善，但我怕被大公鸡笑话，我自己也觉得想笑，明明只是想帮许桥，非要给自己找个正义的理由，如果不是许桥，我和那些围观的人一样。

大公鸡指着我们班长问："高远，你是班长啊，就这带头作用？因为什么啊？"

班长也不说话，只是低着头，一点申辩也没有，大公鸡也不知道怎么办才好，她又把苗头对准我和猴子。

“黄金搭档啊，从来都是一起出事，没落单过，你们俩可以，这回还拉班长下水。王国俊，你知道你爸对你期望多大吗？”

一说到父亲，我看见猴子整个人都蔫了下去，他低着头什么也不说，好像被人掐住了咽喉。每次老师一提他爸，他就是这种表现。

我觉得欠了猴子的，他是帮我，不能让他受连累，我跟大公鸡说：“老师，是我先动的手，你让他们回去吧。”

大公鸡没理我，起身出了门，办公室里只留下我们三个。猴子放松了一条腿，歪站着。我斜过脸向班长说道：“高远，这回谢了，不过下回你可别上来，我可不想背负带坏班长的骂名。”

高远把校服拉锁拉到下巴颏，头也不抬地说：“一会儿能别提化妆盒的事么？”

猴子和我互相看看，一头雾水地看着高远。

他又低声说：“他们抢的那个男生叫项童，十九班的，是我发小，化妆盒是他的。”

02

项童小时候就像个女孩，白白净净，招人喜欢，亲戚见了都要抱一下，围绕着宠爱长大。四五岁的时候他拿着母亲的口红自己画了起来，家人哄笑，还觉得可爱，但是没人发现项童的变化。

从那时起，项童就只对女孩的东西感兴趣，会对裙子和发卡好奇，喜欢色彩艳丽的衣服，不喜欢和男生一起玩，甚至不愿意去男厕所。上学的时候，他总是上课请假去厕所，有时遇见里面刚好有人，马上又会跑出来，他害怕看见男生裸体，也从来不和家里人去澡堂，换衣服时也会背着男生，学校里一起组织运动会，所有男生在一起换衣服，他却贴着墙躲到另外一面，自己偷偷换。

有一次体育课，项童换衣服被男生们撞到，大家起哄，抢了他的衣服，看他光着身子，虽然是玩笑，但那些男生并不懂玩笑也有玩笑的恶。这时高远忽然冲过来，帮项童抢回了衣服，又赶走了起哄的男生。

高远和项童在同一个小区长大，一直上同一个学校。高远从小就长得成熟，初中的时候就开始刮胡子，加上头发少和常年戴黑框大眼镜，怎么看都不像初中生。有一年正月十五去看灯，他被一个卖瓜子的中年妇女抓住问：“大哥买不买瓜子嗑？”

后来高远得了个外号，叫爷们儿，这个外号一直跟随着高远，从初中来到了高中。我们都叫他爷们儿，忘记了高远这个名字，整个年级组都知道二十班的班长叫爷们儿，高远是谁，也都不太清楚。

因为长得老，高远在同龄孩子当中总是格外显眼，许多孩子以为高远是高年级的孩子，恰好高远又因为生病打激素而肥胖，就比其他孩子显得更年长，更庞大。

项童家境优越，小时候书包里常有零食，在学校总会被淘气的孩子抢去翻看。每次高远替他出头，孩子们都以为高远是项童哥哥，每当他们欺负项童时，只要高远一出现，这些人就一哄而散。

后来坏孩子们发现这个胖子只会装凶，并没有什么实力，有时候欺负项童，也顺带着把高远也一起办了。从小学到初中，他们一直都是同班，一起被欺负，一起被边缘。

初中每次体育课之前，都会绕着操场先跑两圈半热身，只有两个男生跟不上队伍，一个是胖子高远，一个是瘦弱并且跑起来像女生的项童。全班都跟着起哄，他俩也不在乎，好在有个人陪自己。

有时项童跑得稍微快一点，会停下来等等高远。也只有在高远眼里，项童才不是异类，即使项童皮肤白得透明，走路也是风摆荷叶，雨润芭蕉，比女生更像女生。

高远从来不和项童聊这些，却成了项童最大的心病，有一次体育课，他们在足球场边看别人踢球，项童推推高远说，你去和他们玩吧，跑不动当守门员啊，别在这陪我了。

高远摇摇头说，我不喜欢踢球，待着挺好。

项童说我自己在这待着也没事，我就当自己是个女孩，我没事。

高远回过身皱着眉看项童，低声说，你不用这样，真的，我不是为你，我是为我自己。

项童忽然就哭了，他也不想这样，但是他一直都觉得自己身体里住了一个女孩，自己也应该是个女孩。

初三的时候，班里组织郊游，项童偷偷给自己搽了一些防晒霜，还抹了一层粉底。来学校后被大家发现，围着他起哄，女生吵着要把他包里的防晒霜拿出来给大家用用，同学一哄而上去抢过项童的包。

项童怕极了，但是不敢反抗，他想要回自己的包，又怕大家说他小气，但不要回来，又怕大家发现他的秘密。正害怕着，高远忽然冲出来，疯一样把包夺回来，趴在地上把散落出来的东西迅速收回包里，对每个好奇的人大喊大叫，一点也不像平时的他。

同学们都吓坏了，兴致全无，便作鸟兽散。高远把包交换到项童手里，然后平静地和项童说，如果一开始你就退缩了，别人就会一直欺负你，也不要露出善良，否则别人会一直要你善良。

项童抱着包，看着高远，他觉得自己好像做错了什么，一直在哭，两个人脱离班级，一前一后偷偷走在小树林里。项童和高远说前天晚上远房表哥来他们家了，晚上两个人在一张床上睡，表哥半夜偷偷摸他，但他不知道为什么没有反抗，他觉得特别羞耻，但说不上来为什么没反抗，是不是因为自己生来特别，所以才会被这样对待?

项童以为高远会觉得他恶心，可能再也不会理他，但高远只是回头，握紧他的手臂说："这是两回事啊。"

03

大公鸡回来了，带着许桥和南怀树，还有几个参与了打架的男生，在办公室的另一边站好。许桥一直低着头，大公鸡坐下来，指着十九班南怀树一伙："是不是他们抢你东西了？"

许桥抬头瞄了一眼南怀树和几个同学，摇了摇头。

大公鸡又指着我和猴子问，这几个人你认识吗？许桥犹豫了一会儿，同样摇了摇头。

大公鸡转头看着我，那就是你找事了，其他人都回去吧，你留下来写检查。我看见南怀树一脸不屑地走出办公室，几个十九班的男生交头接耳，许桥跟在最后面，走出办公室的时候频频回头。我没有看她，我有点赌气，她为什么说不认识我呢？为什么变成了我一个人找事？

晚上放学所有人都走了，高三晚上加课，大公鸡也就没下班，我被留在办公室写检查，不写完不能走。我想放学先去见许桥，当面问问她，但大公鸡不放行，我怎么求她都不行。

我好像很久没有写过那么多字了，刚把检查交给大公鸡，她就“嗯”了一声，我忙奔出办公室，大公鸡在后面喊什么我也没听清，我只想快点，再快点，无论见不见得到许桥。

我跑到走廊，已经空无一人，每个教室都锁了门，灯都灭着，我走出教学楼，也没有看见人。熟悉的路灯排开，只有口中的哈气和地上的反光，风在耳边呼啸着过去，像许多人在我耳边说话。我好像回到了我爷爷刚去世的时候，一切情绪都被放大，风吹草动都衬托着我的孤独，这次也是一样，心里住着一个人，却被她掏空。

我忽然明白了，我不是想保护谁，只是为自己打了一架，想留住对方，急着为她做点什么，怕她像爷爷或者妈妈一样离开，所以急着打架，急着表白，急着交付自己的一切。

直到我走出学校大门，拐进长庆路，忽然发现许桥站在不远处的一个路灯下看着我。我没有走过去，想着下午在办公室的疑惑，置气地留在原地，和许桥隔着几米的距离。

一辆车过去，灯光交替在我俩的校服上划过，许桥慢慢朝我走过来，到离我几步的距离停下，直直地看着我，从我的脸一直打量到脚，好像要把我看穿一样。

我忍不住开口问她："为什么说他们没抢东西呢？"

她愣了一下，然后呼出一口气，好像终于放松下来，然后开始真正地难过，紧皱着眉头，手足无措。看见她难过，我马上就不生气了，走过去和她校服靠在一起。

她低着头回答我："我没说他们没抢，摇头是我不知道。"

“你明明看见他们抢了你说不知道？”

“我说不知道，是我不知道是不是他们抢的。”

“你看见了，是他们啊？”

“我看见了，但是我记不住。”

我有点没听懂。许桥还是抢着说话，却让人觉得语无伦次，像是想要说明白，却不知道从何说起。

“我记不住人，我谁都认不出来，我脑子有问题，父母不让我说，我谁都不敢说。”

我惊慌失措地看着许桥，觉得心口像被堵住一样难受。忽然有什么东西落在了我脸上，化开了，我抬起头，发现像羽毛一样的颗粒越来越多。

下雪了，有的落在了许桥脸上化开，她继续说着，雪在她脸上融化，像一滴滴的眼泪。

“我每天出门或者放学都会走得很慢，我怕有人和我打招呼，也怕真的遇见谁。我明白人和人之间，认不认识，分不分开都很平常，但我就是害怕。”

我知道一定发生了什么，才让她变成现在这个样子。我忽然耐心下来，或者说开始害怕，如果真的让我参与到那个故事里，那种看着亲近的人受苦，自己却没有办法的无力感，我还是否有勇气承受一次。只是看见她哭的时候，我觉得雪格外凉，天也变得更冷，却什么都做不了，甚至不敢拥抱她，只能呆呆地看着。

许桥擦掉脸上的雪，就像擦掉眼泪，抬头看着我也看着天说，我就是在冬天出生的。

［六］…失认症

01

秦家屯雪下到最后的时候，能没过膝盖，孩子就不能出门玩了，人们走动也变少了。房屋与房屋之间本来不远的距离，像是立起来许多白墙，想要眺望，也力不从心。

县城的医院太远，孕妇要生了也只能请村里的老人帮忙，许桥刚生下来，就被奶奶从炕上扔了下去。因为是家里的第二个女孩，最不需要的女孩。接生的婆婆从地上把她抱起来，发现已经没了哭声。

婆婆用被子把许桥包起来，放到炉子旁，然后在门口舀了一碗雪进来，抓起一小把，一边念叨，一边在许桥背上揉搓。一下一下，雪没有融，像一颗颗盐，在娃娃背上滚动，散落，掉在地上也还是白晶晶的，没有化成污水，也没有结成冰霜。

顺了好一会儿工夫，娃娃还是没有气，接生的婆婆也要放弃了。

妈妈在炕上哭，奶奶倒不以为然，告诉接生婆婆把孩子包起来“送”出去吧。

婆婆把孩子身上的雪掸掉，然后包好，双手捧起来送到炕上。夭折的小孩不能走门，这是乡里的习俗，奶奶把孩子接过来，让儿子在窗外接着，趁着雪厚，去林子里找个地方埋了吧。

可奶奶刚把孩子从窗户递出去，婴儿便嗷嗷地啼哭起来，炕上的妈妈又从奶奶手里把孩子抢过来，抱在怀里，奶奶叹了口气，靠着窗户。雪花落进来，窗边，炕上，地上，婆婆的手里，到处都是雪，随室风声进出，雪花待了一会儿又都走了，吹的吹，融的融，好像它们等到了这孩子，便放心了。

后来妈妈再也没有怀上，奶奶把所有罪过都算在许桥身上。她五六岁时还没有自己的名字，因为超生户口也没法上，每天在门口看着姐姐去上学，奶奶和父亲都唤她小二，像是叫一个下人。只有妈妈把她带在身旁，还偷偷给她起了个好听的小名，叫融融。

村里的父亲都有沉默的特点，暴力是他们唯一熟悉的讲话方式，每当爸爸向妈妈或者女儿们动手，奶奶就会躲到屋里。许桥越哭，爸爸就越生气，老一辈的人默认，哭是没出息的表现。有时候姐姐会带着许桥在外面哭，在柴火垛子边上偷偷哭，流干了眼泪，嗓子也哑了，再回来。

爸爸动手的理由总是很多，他输钱了要打，饭做晚了也要打，哪怕和邻居之间有些口角受了气，回家还要打。家里的人除了奶奶和他，好像都是工具，没有人的意义。

有时候亲戚邻居来了，许桥不叫人，也不认亲，爸爸会毫不犹豫地会把她踹出门外，许桥在门口胆战心惊地哭一会儿，然后悄悄躲开。

哭不是疼，也不是害怕，她早就习惯了，她是哭给爸爸看的，只有眼泪和恐惧能制止爸爸，能让他满足，站在罪恶的威严上蔑视她。

有时候家里来人之前，许桥会跑出去，和小伙伴们到山里玩，沿着湍急的河水，爬上层层叠叠的远山，在山脚下用枯木枝搭起一个个小房子。每个人都有一个这样的家，他们躲在里面消化自己的心事，隔着树枝之间的缝隙，彼此说些平日里不敢说的话，甚至不用叫上对方的名字，只是在一起打闹嬉戏，他们把那里当作自己的另一个家，更放心的家。

雨天洗过的青山干净而沉郁，空气湿润，树木散发出沐浴后的味道，让人忘记枯萎、凋零和灰烬。许桥捡起树枝，是雨水洗过树木的清新，她一根根拾回去，搭在自己的小房子上，然后看着小伙伴们离开，只剩她自己，等着最后的夕阳到来。

02

无论父亲怎么打，许桥还是记不住人，她只认识妈妈、姐姐，还有父亲，连奶奶都是时而恍惚。奶奶骂她不仅是个赔钱货，还是个傻子。妈妈抢话说准是出生时摔坏了脑袋。她有些责备又有点胆怯地埋怨，奶奶倒不以为然，本该摔死的，这是捡了一条命。

傻子是不会有人娶的，奶奶轻蔑得居然露出一点得意，像是她之前的所作所为实属英明。在认命以后，妈妈尽量让许桥待在她身边，她觉得孩子只是小，不是傻，慢慢长大就会好，谁愿意承认自己的孩子是傻子呢。

许桥最喜欢待在妈妈身边，不用担心无缘无故的愤怒，她得到更多的耐心，这是童年里最珍贵的东西。她们一起进进出出，下地干活时，会路过一片甜瓜地，许桥进去摘几个，妈妈也不会责怪。再往地里走，旁边还有一片苹果树园，旁边的茄子辣椒黄瓜种了一圈，红红绿绿像个花园，河水从远山流淌过来，许桥觉得这儿就是最大的天地了，她上蹿下跳，享受孩子的任性，没有人管她，对于她来说，这些太奢侈了。

除了有果子可以吃，妈妈还会教许桥唱歌，唱山歌或民谣。有时候母女俩合唱，路过的邻居亲戚都说许桥唱得比妈妈还要好，长大了肯定是个角儿。

许桥和妈妈一起进出，自然受庇护，两人带着点母女共进退的意思，变成了双倍的挑衅，触怒着暴戾的父亲。有一次妈妈在院里洗头，耽误了做饭的时间，被爸爸狠狠训斥了一顿。于是妈妈剪短了头发，干着粗重的活，背影像个男人，只有在河边洗衣服的时候才像是妈妈。

去洗衣服的路上先要路过一些妇女，妈妈让许桥喊着舅妈、大娘，然后在河流的最下游开始洗。下游的水有时候很脏，上面浮着水草和枯叶，许桥觉得妈妈是为了让她认一认亲戚，才故意走得远，只有她真的记住了这些人，妈妈就再也不用去下游洗衣了。

棒槌一下下捶打着裤子，也像是捶打着许桥。尽管妈妈手巧，每次洗好的衣服里都没有水草或者枯叶，但她还是希望做点什么来弥补母亲。

她沿着河流走得很远，连妈妈也没有注意。沿途采了许多花折返回来，挑一朵最好看的戴在妈妈头上，妈妈看着肮脏河水里自己头上的花，笑了一会儿。

许桥兴奋地围着妈妈转："妈妈你快乐吗？"

妈妈说："快乐都是要吃过很多苦的，我哪敢快乐啊，我怎么敢快乐。"

许桥把花放下，蹲在妈妈身边，不再跑来跑去，像做错了事。

那天回去的晚上，爸爸和妈妈在院子里大吵了一架。许桥被姐姐拉出门，什么也不知道，只有姐姐吓得哆嗦，把头窝在墙角里不肯出来。

夜里，全家人各怀心事并排躺在炕上，许桥入睡前，恍惚听见奶奶朝着妈妈的方向说："我知道你恨我，寿长是罪，我想传宗接代来赎，但是没成。活久了是罪人，我得走了，别恨我了，自己护着自己吧。"

没过几天，家里来了一对夫妻，穿着打扮像城里人，干净得体。他们在院子里和父亲交谈着什么，姐姐和许桥被锁在屋里。姐姐吓得一只手捂着嘴不停地哭，眼泪和鼻涕从指缝里流出来，她抖得不停点头，许桥过去帮她擦，她却躲开了，在屋子里来回踱步。

许桥出不去，她只能趴在窗户上看。妈妈在院子里回过头来，在窗户里看见许桥，她伸手去打窗户，让许桥从窗户上下去。许桥趁机瞥了一眼院子里的夫妻，他们温和地朝她笑着。

许桥转身想和姐姐说话，却发现姐姐已经脱了裤子，蹲在屋子里拉屎，一边哭一边发出呜咽的声音。这时候门开了，爸爸和那对夫妻走进来，他们先看见了在角落里的姐姐，然后一起退了出去。爸爸气急败坏地伸手去打姐姐，许桥躲开爸爸，从屋里逃出来，跑到院子里站到妈妈身边，她一声不吭，习惯了这种场面。

那对夫妻商量了一会儿，指着屋子说："不是说有个是傻的吗？好像是屋里那个。"

说完他们走过来摸摸许桥，带着慈善的微笑居高临下地俯视着。

"你今年多大了？"

"五岁。"

"想不想去城里玩啊？"

"妈妈去哪，我就去哪。"

这时候爸爸从屋里走出来，居然是笑着的，多久没有见父亲笑过，她已经想不起来了。

爸爸指着许桥，然后讨好地看着那对夫妻："我都说了，这两个你们随便挑，娃娃脑子都没问题的，不要听别人胡说。"

许桥想躲在妈妈身后，却被那对夫妻牵了过去，站在他们中间，好像一下子就和爸妈断开了。她有点害怕，但不敢反抗，因为爸爸在看着她，也在看着妈妈。

夫妻牵着许桥要走，被妈妈拦住，她想给孩子整理一些东西。奶奶又把妈妈拦了回去，到了城里什么都是新的，你还收拾什么。

妈妈顿了顿，颓然坐在地上，想最后留一会儿，却也没成。城里来的夫妻简短地告别，父亲把手里的信封背到身后，许桥被领着往门外走，姐姐在窗户里看着她，没有眼泪，也没有恐惧，什么都没有。

许桥小声地嘀咕："姐姐你不用拉的，怎样都是我要走的。"

已经出了院子，许桥还在拼了命地回头，好像在等妈妈说什么，要一个可以回来的答案，好让她能放心地走。她用力往后拽，但力气太小，只能被两个大人拖着走。

"妈妈，我要出门去了。"

"去吧，闺女，去吧。"

直到门墙将妈妈的模样一点点淹没，许桥才想起来，这好像是第一次被妈妈唤作闺女。她先是莫名地高兴起来，过了一会儿又开始害怕，怎么突然就变亲密了，到底怎么了。

03

火车走了很久很久，路过了许多个城市，也没有抵达他们口中的那个城市，许桥怯生生地问身边的大人："走这么远，我以后还怎么回去啊。"

"以后不回去了，就和我们在一起。"

许桥想着不能哭啊，哭出来就又让妈妈为难了，哭出来爸爸又要打人了。她咬着嘴唇，低下头，不让自己出声。等火车进入隧道，黑暗中有人告诉他，过了这，我们就快到家了。

隧道里回荡着铁轨的撞击声，风声，人们在黑暗中大声交谈，沉默，也自言自语。借着这样的掩护，许桥哭了出来，不会回去了，不用再为谁着想了，要在进入到另外一个世界之前，忍痛告别了。

火车驶出隧道，离开铁桥，路过平原上大片的黄色麦田。人们整齐地注目，孩子们抬起头看倒退的树木，夫妻中的女人俯身下来抱住她。

许桥，是养父母为她起的新名字，像是人和人之间的连接。

刚到城里没多久，许桥就被送去插班念小学了。刚到新学校，老师让她做自我介绍，许桥在台上用家乡口音的普通话说了没几句，台下便笑作一团，有男生问她是哪个村儿的。一个笑话足以让孩子们形成群嘲的惯性，一连笑个几年，从那以后，即使讲话不再有家乡味，许桥也还是不愿意开口。

每个班里受气的孩子好像都是固定的几个，即使他们境遇一样，也还是学不会团结。看见另外一个同样被欺凌的孩子，仇恨反而可以转移，旁观的弱者居然还会获得安慰。

没有人同情许桥，没有人帮护她，在离开妈妈以后，她不再需要努力地记住谁，也不会再被谁记住。她仍旧记不住老师、同学、朋友，就连养父母也需要辨认很久。

发现问题后养父母带着她一家家医院去跑，医生从各个角度去分析，论断，都没有确定的结果。他们又去了北京，找专家去看。医生给许桥做了一个试验，先让她看一部电影，然后问几个关于电影里人物的问题，但是她一个也没有答上来，然后又带着她做游戏，带她去超市，听她说话。

许桥的主治医师姓齐，四十多岁，刚从美国回来，戴着一个金丝眼镜，很瘦，说起话来轻声细语。确诊病症需要一段时间，每天齐大夫都会花时间和许桥相处。有一次他们在医院的花园里看行人，齐大夫问许桥是靠什么辨认养父母的，许桥说都是等着他们先开口，听他们的声音，在脑海里回忆，这个人是谁，想到了就认出来了，想不到就算了。

齐大夫挺高兴的，你自己已经开始有辨认技巧了。然后他站起来，走到许桥面前问道："你看我的眼镜，有什么特点？"

"圆的，金丝框的。"

"对，还有呢。"

"有点厚。"

"很好，你看我的发型。"

“分头。”

“我的脸型呢。”

许桥有点犹豫，抿着嘴说：“好像，有点长。”

齐大夫笑出了声，许桥也跟着笑了。笑完了齐大夫看着许桥说：“所以啊，你就记住，戴着金丝框眼镜的分头大长脸，就是齐大夫，记住了吗？”

许桥心里一动，她默念了几次。

第二天他们再来医院，齐大夫迎面走过来，擦身而过之际，许桥忽然停下脚步，朝着齐大夫笑了。

戴着金丝框眼镜的分头大长脸。

养父母都很激动，齐大夫却很平静，他蹲下来拍了拍许桥的脑袋说，你真聪明。

许桥有点惊讶，从来没有人说自己聪明，都是说自己傻。那天晚上，许桥在梦里又遇见了齐大夫，他们在花园里玩，有戴着向日葵帽子的护士，有穿得像根玉米的病人，总之大家都很有特色，许桥每个都能认出来。齐大夫带着她走马灯般辨识每个人，这是谁，那又是谁，许桥觉得齐大夫是印象中爸爸该有的样子，梦里有几次她差点开口，但都没有出声。

梦的最后齐大夫指着自己问，我是谁？

一瞬间，眼前所有的面孔开始模糊，眼镜，分头，都消失了，所有特点都没了，许桥的快乐也在一瞬间消散了，但她没有难过，所有人又都变成了同一个人，但有的人，已经在她心里埋下了种子。

梦醒了，许桥没有睁开眼睛，却开口说："你是齐大夫。"

04

齐大夫告诉养父母，许桥的病学名叫失认症，右侧大脑半球可能受过外界损伤，也可能是舌回、梭状回和海马旁回以前大部分有异常，导致脑部成像问题。

在北京停留的时间里，齐大夫教许桥用发型、声音，和个人的行为特点去辨认一个人。

许桥的养父因为吸烟，右手总是有用拇指揉搓中指的习惯，眼角边靠近额头的位置有一颗痣。养母的发际线是一个心形，好看的曲线，嘴角也有一颗痣。许桥发现记住一个人不再那么吃力。

有一天院长和许桥走了个照面，许桥先打了招呼，院长很意外，都是穿白大褂的，你怎么就认出我了呢？许桥说您走路时一颠一颠的，像是鞋不合脚。院长笑了，说许桥不用再来了。

但只是掌握方法，还远远不够，许桥发现人的确可以通过相处去辨认，但人是会改变的，而且记忆里的东西也在一点点消失，哪怕是童年贫瘠的点滴，也在渐渐模糊。她先是忘了姐姐的样子，接着是爸爸、奶奶，最后终于轮到妈妈了。

那段时间许桥很害怕，她拼命地想要记起一点什么，关于妈妈的，什么都好。她看关于老家的新闻，电视里，报纸上，只要出现辛勤劳作的农民，她就想象着或许这个人就是自己的父母，是自己的亲人。

但她还是失败了，遗忘一点点吞噬掉她曾经最宝贵的回忆，她还是忘记了最亲的妈妈。她沮丧极了，像是又被抛弃了一次，叠加的痛苦让她深陷自己的世界，不再敢铭记，害怕承担第二次遗忘的痛苦，不敢再留下任何美好，害怕在得到之前，先得学会失去。她不再向往，也不再接受，走多远也不敢回头。

直到上初中时，许桥的生父和姐姐到这个城市里来打工，被养父撞见，那天养父母商量了好久，到底要不要告诉许桥这件事，或许，应该带着许桥去和他们见上一面。

那时的许桥已经对亲生父母毫无印象，她也不敢询问现在的家人，每当电视里出现和童年乡景差不多的镜头，她就会仔细辨认里面的人，那会不会就是自己亲人的样子。

最后，养父母还是告诉了许桥生父和姐姐的消息，许桥没说见，也没说不见，纠结了几天，最后让养父开车带着她去了一趟那个工地。

他们只是远远地看着，养父指给许桥哪个是她的生父，哪个又是她的姐姐。她看见一个戴着黄色安全帽的老男人气喘吁吁地在工地里踌躇，像是在迷路的人找不到出口。

姐姐也不再是年轻的女孩子，比自己预想中的要老上很多，像已经生了孩子的妇女。她看着姐姐，像是看着自己躲过的人生，同样的面孔活在另一个世界。

他们就这样看了一会儿，许桥就回到了车里，然后他们开车离开。从窗户里看着倒退的树木、楼房，许桥心里想着，那个爸爸来这个城市多久了呢，这些楼房有哪个是他建造的，那样即使他离开了，或者我忘记他了，也许看见这些楼房，我还能想起点什么吧。

楼房不断地倒退，每个形状都不一样，她记住一个，很快又忘了。等红灯时车停在斑马线前，许桥转过头，看见一个建筑工人光着上身睡在报纸上。

看着看着许桥就哭了，上气不接下气，养父说别难受了，都过去了，过去了。

但许桥不是难过，她也没有恨，相反，甚至还有些安慰和感动。这是她第一次为父母哭，她终于能回忆起一些往事，也终于能想象父母的样子了，他们不再是一个概念，不再是二维的，他们是人，不再是她已经遗忘的记忆中，自己制造的幻觉了。

他们是人，真实存在的人，不是我想象的。许桥把手伸出去，在玻璃上摸了摸那个睡着的工人，绿灯亮起，工人起身远去。

［七］…我是我自己的娱乐

01

事情发生后没几天，之前受欺负的小男生项童从十九班转到了二十班，就坐在爷们儿旁边。项童的妈妈和爷们儿聊了很长时间，好像很放心，项童也高兴，在爷们儿面前他能放得开。

项童从小就不像男孩，他皮肤嫩白，举止羞涩，他的特点多，所以最好认。许桥很快就记住了他，于是当项童被人欺负时，许桥选择握紧那个化妆盒，保护自己的同学。

我看见项童转来了二十班，就跑去和老张申请，希望许桥也到二十班来。老张有些为难，因为项童是父母同意的，他觉得我不该管这么多，我一时心急，就把许桥的病和老张讲了，我担心许桥在隔壁班受欺负，也想她能有个伴，不用因为怕自己不认人，总是独来独往，自己上学放学，像见不得光一样。

老张听我说了许桥的情况，惊讶了很久，他答应了我会想办法，但一直没有付诸行动。等大家都淡忘这件事了，老张去问了许桥的意见，后来，许桥也来了二十班，老师们都默契地睁一只眼闭一只眼。

许桥来了以后就坐在我旁边，每天我帮她认识身边的同学，认识每堂课不同的老师。我和她讲猴子、爷们儿，她记住了大伙的特点和外号，却忘了大伙的真名，不过这不重要，因为有了印象和熟悉感，一切都可以慢慢来。

上课的时候教历史的田老师不知道怎么回事，来了一句“亚历山皇二大”，大家不知道她说的是谁。化学老师上课发音也不那么清楚，“强奸（碱）弱酸盐”这几个字在他嘴里完全变味。政治老师嘴也不利索，有一天大家都快睡着了，他突然来一句：“长精征神。”全班都醒了。英语课老师是个地中海发型，因为吸烟多还有一口黄牙，这个特点好认，但是老师也不是总张着嘴啊，那就记地中海吧，可是整个英语组一共三个男老师，都是地中海，把我气得，你们英伦三岛啊，这个笑话许桥却一直记着。

每堂课，我都能找出一些老师的错误，或者发生的什么事，老师们的说话特点、腔调、习惯动作，我把这些事情当作一个辨认的标点，让许桥都记住，然后又根据他们的特点，也相应地起了外号。通常这些记忆都很美好，辨识的点也非常好认，许桥记的时候一直都在笑，但她自己没有意识到。

就连老张也没能幸免，讲坐标轴的时候大家都不会，他在讲台上声情并茂地说："来来来，抬头，看我为什么这么建？"

就在大家都快笑出声的时候，老张又大喊一声："设半径为哇（四声）。"

许桥慢慢把头低下去笑出声，我看见她笑，好像自己终于完成了一个心愿。我忽然很感激老张，但老张完全不在意下面的反应，他越认真，样子就越好玩。

这个班里一点也没有紧张的气氛，戏谑的态度连带着老师的严肃也变得幽默。所有班级都铆足了劲向前冲的时候，忽然有个不求上进的队伍，反而显得轻松可爱起来。

02

晚自习的时候老张被叫去开会，班里又热闹起来。许桥低头认真写着什么，我趴在桌子上侧过脸看她，心里想着终于明白她为什么总是不和人打招呼，为什么门牌不在她就总是走错班，为什么她总是最后一个离开学校，为什么在我表白的时候，她装作没看见我。其实我怕她听见了，也怕她听不见。

我想问她还记不记得高三离校那天的事，但开口却变成了别的问题。我问她：“你觉得，记不住人，给你带来最大的困难是什么？”

许桥停下笔，抬头盯着擦得干净的黑板。

“只能和自己玩，我是我唯一的娱乐。”

“那你知道自己有这病的时候，难受吗？”

“不难受，我那时候太小了，还不知道难受。”

听到这，我却开始难受了。因为我知道，她难受得越晚，时间就会越长。许桥说得很平静，但是我心里不是滋味，好像错过了她那么多的孤独，自己已经开始亏欠了。

我坐直身子，和许桥并肩看着空旷干净的黑板，像看着前途未卜的人生。虽然过去我一直都是这么过的，但现在不同了，好像遇见和自己一样的人，忽然觉得有伴儿了。

我没有什么亲人，你也没有，今后我们就是彼此的亲人。前面的路让我走前面，遇见你喜欢的，我就记住，遇见你不喜欢的，就留在我这。直到你的口味，变成了我的口味，我就变成了你，我们就是一个人，一起往前去。

我碰了碰许桥的胳膊问：“那你现在靠什么辨识我啊？”

“有时候靠眉毛，有时候靠头发，有时候也靠气味，就是这些东西组合在一起，才是你。”

我摸了摸自己的眉毛和头发。

“气味是什么味儿？汗臭？”

“不是，每个人身上都有自己的味道，只不过多数人没察觉。”

“那我是什么味？”

“下雨天，洗过的马路，树。”

我不明白为什么自己是雨后的街道和树，但也没计较。学校不让留长发，我也没什么行为特点，身上有味道也是好事，总之能被认出来就行，在许桥这，我希望自己和别人不一样。

我正想着，学校忽然停电了，整个教室一片漆黑。先是一片惊讶和尖叫，接着就是起哄，胡闹，有人趁乱互相丢书，有情侣偷偷接吻，还有闭着眼睛唱歌的，最后演变成几个人合唱，唱的好像是《真心英雄》，又好像是《双截棍》，声音太乱了。

有纸团在教室里飞来飞去，许桥捂着脑袋躲到桌子下面，我也跑到桌子下面去。两个人坐在地上看着对方的位置，眼里一片漆黑，只能通过呼吸和感觉来确认彼此的位置。

“你认识我吗？”

“我认识你。”

我知道许桥在笑，自己也在笑，我也不知道自己为什么那么确定，但我知道这个时刻只属于我们两个人，就算无法辨认对方，就算周围的黑暗都涌上来，我们还是能感受彼此。有伴儿的感觉真好，终于不是一个人了，我忽然想起了我爷，想那个最能理解我的人。

灯忽然亮了，同学们都没停下表演，老张进来时歌声还没停，还有一个闭着眼睛唱歌的男生不知道灯亮了，老张走过去用力拍了下他的脑袋，他才醒过来。

大家又笑作一团，老张无奈地从后面走到前面，唉声叹气地说：“嘛呢？申奥成功啦？说你们丑态百出都是客气的，整个一原形毕露，哪来的妖魔鬼怪。”

没有人敢接茬，感觉老张好像真有点生气了。

“不是喜欢唱吗？这回让你们唱个够，下个月校庆，咱们班是头号主力，还有艺术特长生，必须出节目。是舞蹈是唱歌你们自己定，来吧，刚才唱得最嘹亮的那几个，下晚自习到我这来一趟。”

本来安静下来了，老张一说完校庆的事，又开始议论起来。少数的几个女生兴奋，多数人显得不耐烦，老张敲了敲桌子，教室又安静下来，灯管闪了几下，老张叹了口气。

“以前我总觉得，在学校里真正学到的东西，不应该全是老师教的，你们自己也得教会自己。我希望你们能抓住每个机会，这些事儿会成为你们老了以后回忆的节点，如果只是学习、吃饭、睡觉，那你们年轻一次，回想起来，反而什么都没有。这是你们最好的时光，在你们长大以后的回忆里，总要因为做过点什么，而值得骄傲吧。”

我听到回忆的节点愣了一下，同学们还是东倒西歪，没人在意老张说的话。风从外面吹进来，窗户来回作响，我好像看见自己已经老了，而刚刚我和许桥经历的那次停电，就是让我能够卡住回忆的节点。

03

为了防止老张或教导主任突袭，二十班的后门永远都是从里面反锁的。结果有一天早上，爷们儿开正门的时候没掌握好力道，把钥匙拧断了，一半留锁里面，要等学校师傅上班才能开门，但师傅上班，就意味着老师也上班了。

早起来学校的都是等着抄作业的人，于是出现了全班蹲在门口抄作业的奇景。当天，二十班就在广播里被校长狠狠地批了一顿：“你们班，是本校建校几十年来抄作业最高调的一个班。你们干吗呢？玩行为艺术吗？”

我没忍住，在后面嘿嘿地笑了出来，猴子也跟着笑出了声，班级里零零散散有了议论。老张的脸色很难看，不是因为挨批评，在他看来不懂事可以归咎于年轻，但不诚实就是另外一回事了。

于是老张也开始规范班级纪律，每天早上他第一个来，在门口看着学生进教室，然后亲自监督各科课代表收作业。大家被迫在家就得把作业抄好。

从那以后，我每天早上都会来许桥家楼下等她。早上许桥刚出门时，我已经在楼下了，许桥家在人民大街湖滨路交汇的地方，我从家里出来走过繁荣路，上了人民大街没多远就到了。冬天早上的雾大，小区里挂了灯笼，朦朦胧胧的红色照在雪上，混合着路灯微弱的黄光，雾里雾外犹如梦中，像是吐出一大口哈气，颗粒分明地落在地上。

许桥经常像没有看见我一样往下走，直到缓台的拐角，我忽然出现堵住她的路，吓了她一跳。她抬起头认真地辨认我几秒，才放心地长舒一口气。

我们俩会先去早餐摊吃些油条或者馅饼，顺便把作业先写了，再一起坐公交上学。走进早餐摊的饭馆前，天还蒙蒙亮，路灯也还没灭。等我们吃完饭做好作业出来，天就亮开了，我和许桥说，每天都像是和你从昨晚放学一直走到天亮，没有分开过。

许桥点点头说，每天最期待的也是这顿饭，感觉比在学校的，在家的都要好吃。

我听了这话既开心又难过，开心的是许桥不嫌弃这，她还觉得这儿不错，难过的是这儿算不上什么好地方，吃的也一般，连这也算不错的话，那在学校她肯定也吃不好。我忽然想起来有几次中午，我和猴子都是从食堂出来，才看见许桥刚去打饭。她永远是最后一个，无论是放学，课间操，还是午饭，她总怕自己被大伙察觉，进而发现自己的秘密，于是只能远离，一个人从秘密变成误会。

我一想到她在别人挑剩下的饭菜前踌躇，心就像是被拧着一样难受。后来我每天晚上回家都去超市里买点菜，早上再提前一个小时起床做饭，放到保温饭盒里带到学校。

附中的食堂和体育场都在学校外面，出了门口对面就是食堂，沿着长庆街再往下，有一些七七八八的饭馆和摊档。每天中午一放学，这里就变成了集市，里里外外都是学生。我第一次给许桥做的两道菜，是西红柿炒鸡蛋和尖椒炒肉。

那天中午，许桥照常最后一个去打饭，食堂里没剩什么菜，她出了食堂，打算去长庆路附近看看。我拦住她，递给她一个饭盒，她接过去，抱着饭盒傻笑，笑得那么开心，笑得我心里酸酸的。

我们俩拿着饭盒去了篮球场边上，找个角落坐下来，一边吃，一边看别人练习投篮。

我带着邀功的口吻问许桥：“菜还行吧？”

“嗯，不像食堂的东西。”

“我自己做的。”

“你还会做饭？”

“小时候跟我爷学的，他做一遍，我都记住了，没事就自己琢磨。”

“你爷爷经常给你做吧。”

“我小学没毕业他就走了。”

我午饭吃得快，剩下一口饭时，许桥才吃了一半。为了等她，我就故意放慢小口吃，等都吃完了我把饭盒拿回去，她想帮我洗，但我不由分说地装起来，说明天继续带，让她不要去打饭了。

每天我们都在同一个地方吃饭，有时候许桥不好意思，只能买不同的饮料或牛奶，和我分着喝。有时候一边吃，我会一边讲做饭的过程，她就在我身边听我絮叨，好像帮着我回忆。时间长了许桥说她也想试试做饭，脸上写满了期待，好像所有未知的尝试对她来说，都显得格外迷人，于是我答应她，这周六带她去我家做饭。

每周六的中午，学校开始放周末。我带饭的第一个周末，许桥应该去补习班，但她偷偷翘了课，和我一起去了菜市场，然后又去了我家做饭。

我准备了三个菜，川北凉粉、蒜香排骨和香辣肉丝。我一边做一边和许桥说："你知道吗，外面做的川北凉粉都不正宗，他们少了一道工序。"

说完我腾出一只手，用勺子在玻璃罐里挖出一大勺芝麻酱，小心地撒在凉粉上，像泥沙蔓延上岸，搅拌均匀，再小心翼翼地推到许桥面前。许桥吃了一小口，使劲点头。

我一边看她吃，一边和她讲真正的川北凉粉都是放芝麻酱的，独门秘方，我爷教我的。还有，真正的香辣肉丝，都是炒完肉，把干炸红辣椒切成丝放上去，夹着吃，不是绿尖椒炒肉，他们做的都不对。

许桥问我，这么多讲究，你都能记住啊？

我说能啊，这样不难。其实这三个菜都是我最拿手的，也是我记得最清楚的，我总怕不能给她最好的、最细致的，也或许是我本来就拥有得不多，所以一开始就先亮了底牌，把最好的双手奉上。

午饭后我把自己的照片、收藏品，一件件摆在许桥面前，像是坦诚地向一个人展开自己的历史。一小段人生像掌纹一般丝丝入扣，我也不知道她能记住多少，最后又忘记多少，总觉得听她说过她的童年以后，好像自己也一直陪着她长大一样。

于是我也想让她看看我的，好像陪着我长大的人离开以后，过去的我也死了。也许只有让另外一个人知晓，自己也跟着回忆一遍，童年才是真实的，不是自己的幻觉，就像许桥非要看看自己的父母一样。

翻到了一张我爷爷的照片，许桥用手去摸照片上爷爷的脸，好像触到了他的皱纹，许桥说，他看上去好老啊。

我说是啊，很老了，从我记事起，他就已经很老了，老到我总觉得他从出生就是这样的。

那天送许桥回去的路上，我以家为起点，和许桥描述每一条街道、胡同，告诉许桥哪里有好吃的饭馆、买东西的小店，怎样标记马路。

许桥根据我的提醒，认真记下每条街道，她好像开始有点喜欢这了。我知道陌生的恐惧，我也有过，只有让她熟悉，她才会消除一些恐惧，无论是家、街道、学校、同学，我要帮她记住，也要帮她熟悉。

我送她到她家的小区门口，看她自己进去。回来的时候，我感觉自己不是漫无目的地活着了，我又和这个世界有了关系，许桥就是我的纽带。

天色渐渐暗下来，我沿着街边不安分地走，一路上干枯的树木立在那，枝杈伸展出来，像老人的手臂，亲切又慈祥，我想起了我爷爷。于是我跑起来，越来越快，路过许多个爷爷，高的，矮的，粗的，细的，好像害怕被什么追赶。

我喊着爷爷啊我想你了，我不是脆弱，爷爷啊我什么都不怕了，我心里终于又有人了。

[八] …让秋天先过去

01

我爷说让秋这个名字，是我妈取的，小时候我总觉得这个名字，是我和我妈唯一的联系。但我知道他在骗我，只是想让我有个念想。听我爷说，到预产期的时候，我妈肚子还是没有一点动静，于是她就拍着肚子说："那就让秋天先过去。"

结果第二天我就出生了，我妈都没着急看我一眼，就跟另外一个人跑了。我爸在邻里的议论中沉沦，只有我爷从床上抱起我，给我找奶，换洗衣服，请教医生。

平日里繁荣路大院的人总会看见一个老头抱着个孩子，沿着街边的电线杆贴广告，忙完了一条街，就在地图上画一条线。警察问他画得密密麻麻的地图是什么意思，我爷说画着玩的，逗自己一乐。警察不问了，但爷爷自己笑了，真是逗自己一乐，他自己知道这样找是徒劳，也就是为了安慰自己。

警察把地图交到我爸手里，每次我爷爷被我爸从派出所领回来，邻居们又会数着这是第几次了，就好像有人记录，在“正”字上填一笔。偶尔有人和他们打招呼，“老刘和儿子出去啦？”

我爸默不作声，有时他会环顾周围的人，那些整齐划一的脸各自识相地退开，走时又带着一种侥幸的表情，好像他们都是人间的看客，不会沦落至此。

那些表情变成了另一个梦魇，让我爸不愿意回家，也不想回家，只能去跑更远的长途来逃避。有时回来待几天，能在一起吃顿饭，小时候没人教我说话，一岁时我只会喊爷爷，从没开口叫过爸爸。

我爸不是不想找我奶，跑长途的时候，他给每个收费站的人都发了照片，也都留了寻人启事。但是因为失智走失的老人太多了，能找回的没有几个。他还要支撑这个家，不可以分心，甚至没时间从现实抽身难过一会儿，他醒了就必须出车，下班就得睡觉，他的时间都被严丝合缝地码好了，没有一点缝隙给我。

有时候他回来喝得酩酊大醉，抱着马桶睡着了，我会偷偷地站在卫生间门口看他一会儿。只有这个时候他才会显得有一点温柔，像一条熟睡的大狗，我会走过去抱抱他，在他不知情的时候。

我小时候还体弱，经常生病，爷爷隔三差五就要带我往医院跑。吉大一院是常客，有时候我爷领着我从医院打完针出来，就挑着近道贴广告，我就帮我爷拿传单、胶水、碎毛巾，然后开始辨认每条街道。

医院里有个年轻的女医生，姓田，每次我生病都是她给开药打针。所有来打针的孩子又哭又闹，怕打针疼，要水果罐头，只有我不吵不闹，田医生对我印象很深，每次来还给我预备些糖块，大白兔，偶尔还有袋装的塑胶美国大兵。我觉得只有妈妈才会给孩子买玩具，在心里就把田医生当成自己的妈妈。

有时候我盼着生病，因为去医院有玩具和零食拿。有时候又不想生病，怕爷爷烦了，就不带我去找奶奶了。

有几次爷爷想撮合我和我爸走得近点，但都没成功。我只和爷爷说话，也不出去玩，到了上幼儿园的年纪也还是送不走，每次走到幼儿园门口就抱着他不松手，爷俩怎么去的又怎么回来。

后来有一次爷爷骗我，说他陪我一起上幼儿园，我俩在小班的后排坐着，老师在前面弹着木质的旧钢琴，整个幼儿园被歌声环绕。

听了好一会，爷爷和我说："去上个厕所。"然后他就径直回了家，走之前他在窗户口眺望了一会，我看见他了，也知道他是偷偷回家了，但我没有拦着他，我知道他不容易，于是我只能坐在这，听一群不认识的小朋友唱歌。他们没什么旋律，只在乎分贝，好像大人一样，虚张声势地活着。

我在幼儿园待了一上午，实在待不下去了，午饭后趁着午睡的时候溜了出去。我到家附近的公园坐了一会儿，下午的公园没有人，好像整个世界都是我的，我在公园里随便玩，看花花草草，折一根树枝挥舞，在地上写自己的名字。那时候我觉得特别开心，想干什么就干什么。

到了晚上放学的时候，我爷去了幼儿园，发现我不在那，他把幼儿园周围能找的地方都找了，还是没看见我。

后来邻居告诉他，在公园看见我了，我爷就跑到公园找。晚上来公园遛弯的人多了，我就不喜欢在里面玩了，于是坐在公园门口的树下待着，直到看见他从远处跑过来，坐到我旁边喘气。

我有点后悔，又让他担心了，他早就厌烦了寻找，这是他痛苦的根源，但也是他的止痛药。一个迷宫的出口是另外一个迷宫的入口，我好像在他急促的呼吸里听出了无奈和心酸。

我有时候也在想，是不是我妨碍了他找我奶奶，或者说，对于我爸和我爷来说，我就是个累赘。幼儿园，私立学校，才是我最好的去处，能让他们心安理得地不面对我，同时也履行了义务和责任，学校像一个慈善场所。

可有时候，我又觉得我爷是爱我的，或许他只是想我快点长大，想送我走得远点，在他还能动的时候。一边是我，一边是奶奶，他谁也舍弃不了，也谁都无法把握。

我爷歇了一会，走过来和我说："让秋饿了吧？和爷爷回家吧。"

我牵起我爷的手往家走，带他抄了一条很少人知道的近路。

我爷问我："让秋怎么知道从这走近啊？"

我说："这些路我都记着，再远点我也记着，幼儿园到咱家我也走过，爷爷你忘了吧，这条路咱俩也走过。"

我爷拽住我，蹲下来摸着我的脑袋问："喜不喜欢和爷爷一起出来啊？"

"我想和爷爷一起，我不想去幼儿园，我害怕。"

"但是你不能和爷爷一直走啊，爷爷总得去找奶奶的。"

"为什么我不能和爷爷一直走？"

"有些地方你现在去不了。"

“那就等我长大了再去。”

说完我爷站起来，一边牵着我往前走一边说：“对，让秋长大了就能和我一起去了，但你得上学才能长大，等你念了小学、初中、高中，一点点地，越来越大。”

我说：“爷啊，我念完了，就能真的长大吗？”

我爷叹了口气，没回答我。他把我背起来，好像故意不让我看见他的脸。

我又在家待了一阵子，我爷也很久都没有出去找奶奶。他在家里教我识字看书，带我去商店买东西，让我自己结账，晚上做饭时我在一边看着，他一边做一边讲菜谱，只讲一遍，我就倒背如流了。

后来我爷开始教我做饭，他抓住我的手，握住菜刀、炒勺，手把手地教。我开心极了，嘻嘻哈哈的，却也偷偷记下了工序，借着油锅里滋滋的声音，我小声地问：“爷啊，看我做饭你高兴吗？”

他听见了，说：“高兴，让秋快变成大人了。”

我又问：“长大了就能跟爷爷一起去找奶奶吗？”

我爷还是没回我，但我也懂得不再继续问了。我就这样借着爷爷的手，学会了炒菜和做饭。

直到那天晚上，我爷接到了朋友去世的消息，他才决定要带我出去走走，去参加那个葬礼。我爷觉得葬礼还是重要，起码能让人多记住你一会儿。要是走时连送你的人都没有，那得多可悲。他还是要继续寻找奶奶，起码不能让她走了都没人送，说到底，他是要给自己一个交代。

我记得参加葬礼那天，楼下新开了一家超市，我在门口往里面望，货架上有生活的所有细节，门口一边是评选社区可爱宝贝的海报，另一边是寻找丢失儿童的招贴。一边多才多艺幸福完整，一边绝望迷茫又说永不放弃，强调美好和自我感动是同一件事，盛世繁荣与苦难美学并行不悖，路人各看一边，然后又各自上路，选择性地逃避，依靠活在真相之外而获得幸福。

我和我爷停在那儿看了一眼，也回到了人群中。

02

葬礼那天办白事的人说："人安心走了，梦里也许还会回来告别。这几天梦见了，也别大惊小怪的。"

我爷听见了，反复回忆自己这些天做的梦，没有我奶，也没有人，什么都没有，晚上一无所知地睡去，第二天也一无所知地醒来。身体和时间都变得很沉重，他越来越疲惫。

可是从人民大街的传递活动回来那天起，我爷就开始做梦，各种各样的梦，他在房间里喊出声音，说梦话，我听见了就走到他的房间去，像抱住喝醉的我爸一样，抱住他。有时候他呼吸急促，一头冷汗，好像那天街道奔跑的人群在穿过他的身体。

有一次他不停地叫奶奶的名字，很大声，喊着让我奶奶快走，别到他梦里来，等着他去找，让奶奶好好等着。

我爷哭了，哆哆嗦嗦的，我帮他擦了眼泪，他还没有醒，好像还以为我是奶奶。他哭着说："其实我是自己害怕，没有你，我活不了。"

快到早上的时候，我爷安静下来，我偷偷回了房间，直到天光从窗户走进来，我早早地起来洗漱干净，穿好衣服，整理书包。

那天我们又去了一个新的幼儿园，我爷老厂的职工子弟校，老朋友帮忙走关系，很快就有了我的位置。晚上我爷接我，老师和他反映了我在学校的情况。

我爷问我为什么不和同学一起玩，我说我不认识他们，其实我是害怕，孩子们来来往往都是乌央乌央的，只要他们过来，就会下意识地躲开，也不知道为什么。

开始我爷只是觉得我胆小，等过段时间适应了环境，情况就会好转。可过了一段时间后，我还是不喜欢和别的小孩玩到一起，总是喜欢一个人待着。

出事的那天，我爷被老师叫到了办公室，几个家长气忿忿地站在那等着。

我爷问我："为什么打架？"

我说："他们来回推我，还挤我。"

我爷说："他们是在跟你玩呢。"

我说："他们不是，我以前天天在公园看别的小孩在一起玩，我知道在一起玩是怎么回事，那不是玩。"

我爷转脸看着旁边的三个孩子，每个脸上都有不同的伤，幼儿园的老师一边给孩子上药一边说："现在嘴还这么倔，他们怎么不欺负别人，偏欺负你呢？"

也有老师附和："这孩子到我们这来就不合群，你还是带孩子去医院看看吧，别再有什么心理疾病，我们这不收有病的孩子。"

我想说我没病，不去医院。这是我第一次不想去医院，怕给爷爷添麻烦。

上完药的老师走过来，给我也检查了一下，没有受伤，对着大伙说："都是擦伤，没什么事，孩子之间小打小闹的。"

老师转向我爷说："去医院看看心理医生吧，孩子成长心理挺重要的。"

我爷爷向那些家长一一道歉，老师说这回更不会有小孩和我玩了。我们从幼儿园里出来时，太阳落得只剩下一个边儿，我们爷俩并排往回走。

我爷一句话也不说，我怕他以为我是通过这种方式抗议上学，所以我先和他说："爷啊，这不是我们第一次打架。"

我爷吓了一跳，"什么？"

我说："我来的第二天就和他们打起来了，那次我没打过他们。"

我爷说："你不能再打架了，如果他们打你，你就跑，跑得越远越好，别让他们找到你。"

第二天我爷真就带着我去了越吉大一院，又找田医生，我还是有些高兴，有几次我梦到了田医生，还偷偷地喊几声她妈妈，梦里的田医生都答应了。

我爷把幼儿园的事和田医生说了，想让田医生帮忙约个心理医生，田医生先把我爷爷支出去，又给了我一罐黄桃罐头。我掰开盖，抓了一个塞到嘴里，桃子瓣特别滑，在嘴里跑来跑去，我笑了。田医生梳理了几下我的头发，逗我说："让秋，我带你玩吧。"

"我不想玩。"

"那你想干什么啊？"

"我想长大。"

"你为什么想长大啊？"

"长大就能和爷爷一起去找奶奶。"

"那你愿意长大吗？"

我摇摇头，"等找到奶奶了，我再当小孩。"

"傻孩子，你这样，才是真正地长大了。"

田医生把我爷叫进来，和他说孩子没事，就是有点孤僻，说完她又联系了一个儿科的心理医生到她这来，和我聊了几句。另一个医生的意思是我好像稍微有点自闭。

我爷从来没听过这个词，"自闭是啥？是身上哪儿的病？"

"不是身上的病，是心理。"

"那就是心有病？"

田医生不知道怎么和我爷解释，只能让他带着我定期到医院来，了解我的情况。我爷带着我走出诊室，在医院的长椅上坐了下来。

我和我爷说："爷啊我没病，我好着呢，我能和你一起去找奶奶。"

我爷说："听话，田医生的话都不听了吗？我们过两天再来。"

回去的路上我爷老是念叨，是不是遗传的事，那时他就已经知道自己的心脏出了问题，只不过他跟谁都没说。我那时还不懂遗传是什么意思，只看见他的脸上写满了自责。

后来我爷每天送我上学又多了一道程序，就是在校门口嘱咐我："和同学好好玩，别打架。"

坚持了很长时间，就在那个学期快结束的某天晚上，我又打架了。原因是他们踢球少个守门的，想让我守门，我不乐意，他们就拿我当靶子，轮番朝我射门。我小时候下手也黑，一下就把一个男孩的鼻子打出了血。

那天我爷照常去接我放学，买菜时耽误了一会，走到幼儿园门口时发现黑压压围了不少人。我站在中间，几个被我打了的孩子，站在各自家长旁边号啕大哭，已经没了眼泪，雷声大雨点小，像演出来的害怕，刺激更大的怜悯。

家长们来回拉扯我，我爷闯进来急忙挡在我前面拉开家长。一个被拉开的女人大喊着说我爷对她动手了，然后朝街对面的超市里喊了两句，一个黝黑粗壮的男人带着另一个帮手笨拙地跑过来，他们听那个女人哭喊了几句，就把我爷架到了一边按住，然后几个家长继续教育我，他们没有对我动手，只是用手指在我的身上戳，我吓坏了，已经忘了哭。

我爷买的菜散落一地，我感觉身体开始微微抽搐，声音忽远忽近，被按住的我爷在一旁不停地哭喊着："他就是个孩子。"

没有人理会他，最后我爷咬着牙，喊出了自己最不愿意喊的那一句话："我孩子有病，他是个病人。"

好像所有叫骂声都被静了音，我转身看着我爷，终于哭了出来。我知道自己没病，但哭出来确实好受多了，我不知道是要埋怨他，还是要感谢他。

那天回去的路上，我趴在爷爷背上偷偷地问："爷啊，我有什么病啊？"

我爷没回答我，只是身体晃了晃。

我问："爷啊你生我气了吗？这次我听话了，跑了，但是没跑远，又被他们找到了，我怕跑远了你就找不到我了。"

我爷还是没说话，他沿着人民大街继续往回走，重复上次的路。长春就这么大，还能去哪呢？没有人比我更熟悉这里的道路，如果我想藏起来没人可以找得到我，可我不敢走远，就一直在马路边上，人群赶着我走，过去我以为他可以帮我挡着那帮人，后来我一边跑一边回头的时候，也在人群里看见了他。

我爷忽然问我："让秋，冷吗？"

我紧贴着爷爷的后背，感觉秋天好像直接被越了过去，冬天过早地沉落了下来。

[九] … 校庆

01

许桥和项童来了我们班以后，有人说二十班是收容所，老张气坏了，他说这话要是学生传的，就是没教养，要是老师说的，就是没师德。都是学生，还都是孩子，大家都平等，我留下了，怎么就成收容了？

也许是这话刺激了老张，没过多久，他又收了两个学生，是被学校多次警告也没有效果的一对情侣，肖木生和朱婕妤。

以往高中的情侣都是偷偷摸摸的，人前人后躲着，怕老师看见，家长知道。只有肖木生和朱婕妤，他们大大方方地在学校里互相依偎着走路，早上第一个来到学校，放学时最后一个走，有时候木生会在学校里背着朱婕妤散步，被训导处的老师撞见，遭一顿训斥，但老师拿他们也没办法。学校里疯传朱婕妤有黑背景，家里开着几十个夜总会，手下养着上百号人，但没人真正见识过。

木生和婕好原来的班主任姓徐，教物理的，脾气大，戴个万年不换的破木框眼镜，据说刚入职的时候搞过自己的学生，从此留下一个外号，色徐。学校疯传他对年轻女生有着特殊的兴趣，喜欢找好看的女学生谈心，俗称思想教育。

每年高三毕业时，色徐总会躲起来，怕被毕业生抓到狠揍。有一年还是在路上被撞见了，学生们用麻袋把他蒙住毒打了一顿，等学生都跑了，他自己在路边躺了一会，站起来理了理头发捡起眼镜，随口念叨一句：这帮孩子，不懂事啊。

有一次徐老师找朱婕好谈心，木生不让，两个人差点在班门口打起来。事情闹得不小，徐老师怕有人传闲话到校长耳朵里，气急败坏地在教师会上明确表示："有他们俩，就没我，学校必须严肃处理。"

校长有些话不方便讲，一直在说和，但色徐不依不饶。校长想双方各退一步，只能请各位老师表个态，看看谁愿意接收一下肖木生和朱婕好，办公室里一片沉默。

校长先问了一班的何老师，说了些场面话，这俩孩子本质不坏，就是一时想不开，好好教育能成好苗子。何老师打马虎说孩子是好孩子，但是自己班里的问题够多了。

校长目光所至，在场的老师都闪躲，没人愿意应下来。又一个老师说，我们不是看不上这俩孩子，都是学生，没有歧视谁，就是大家都有自己的问题学生，实在是管不过来。

老张坐在后面忽然就笑了，你们都说是好孩子，可又谁都不想要。你们不是心存歧视，而是心存差别。但这话他没说出口，只是默默地把手举了起来。

肖木生和朱婕好来到二十班后，依然我行我素，不和同学们一起进出，也不怎么和别人说话，好像他们的世界只有他们俩。

准备校庆节目的时候，老张特意交代了爷们儿，把肖木生和朱婕好也带上。爷们儿当个事办，但木生爱搭不理地敷衍着爷们，婕好好像有兴趣，但是看着木生不在意，她有很多话最后也咽回去了。爷们儿知道有时他们也想和大家在一起，只是不知道该怎么走进来。

经过激烈的讨论和征选，二十班一共剩下两个备选节目，一个大合唱，一个是独舞，二选一上报学校。大合唱是全班一起来，独舞是项童自己跳反串。俗话说人多力量大，合唱无论好坏，气势摆在那，独舞是所有人的注意力都在一个人身上，不好跳。

有一天上自习没事，项童在排练教室里，放录音机，给大家跳了一段，姿态优美，风摆荷叶雨润芭蕉，像个真正的女生。同学们都很惊讶，只有爷们儿知道，项童从小就开始学跳舞，后来大家给项童起了个外号，叫舞娘，项童一点也不反感，还有些高兴。

相比之下，大合唱显得混乱，多数人唱歌跑调。男生故意出洋相，逗女生开心，排练的歌曲也老是更换，场面乱作一团。

爷们儿愁得不行，他不想让项童跳舞，不想再让他出风头，承受更多的非议和目光。他想报大合唱，但是项童带着感激来到二十班，总想做点什么回报大家。

看爷们儿着急，最后项童给他出了个主意，找一个领唱，带着大伙一起练，不至于乱七八糟，心气儿就能在一起。班里的女生要么害羞，要么互相揶揄，没人站前面出风头，男生就更不行了，推搡扯淡，没有正经人。

我扯了扯许桥的袖口，她看了我一眼，知道我打什么鬼主意，于是拼命摇头，脸吓得通红。我从后面推了一把许桥，她一下站在了队伍前面，大家掌声欢呼，她拼命往队伍里钻，又被大伙推回去。

趁着大家起哄，我俯在她耳边说，别老藏着，想有朋友，得先打开自己。

许桥还是害羞，面对着大家低着头，我走到许桥后面，对着所有人做了一个嘘的手势，然后把窗户打开。风吹进来，树木、枝干发出干枯的声音，我在许桥后面，用手蒙住她的眼睛，屋子里只有风声、树木的声音，大伙的呼吸都很轻，世界空无一人。

许桥紧张得出汗，好像浸湿了刘海，窗外时不时有人经过，叶子落尽教室。她缓缓唱出声来，像是平静的湖水荡起的涟漪，打破整个森林的宁静。

整首歌唱完的时候，窗户还在开合作响，风声不停，好像没人在意这歌声。等我松开许桥的眼睛，她等了一会儿才睁开，爷们儿和猴子都瞪大了眼睛，项童也惊得捂住了嘴，大家像是在做木头人的游戏。

好像许桥唱歌的时候，鱼群都已游上水面，鸟儿驻足倾听，微风舔舐着波光粼粼的湖面。许桥咽了一口吐沫，就被大家的拥抱和掌声淹没了。

就是这个时候，我转头，看见窗户外面站着两个人，肖木生背着朱婕好，目不转睛地看着我们。

02

那天回去的路上，我也学肖木生背着朱婕好一样背着许桥，我们边走边唱，像得到意外的惊喜一样。唱歌成了许桥和外界交流的一个方式，让大家再次认识了她。

我问她："你唱的是什么歌？"

"我也不知道，反正从小就会。我妈教我的山歌。"

"有名字吗？"

"记不清了，好像叫《望北》。"

望北，望北。晚上我一直在想这首歌，今天真高兴，人什么时候是快乐的呢，应该就是发现自己身上从未发觉的东西，能让自己重新认识自己。原来自己最不了解自己的时候，才最快乐。

听说二十班的节目全体总动员，学校不少人等着看热闹。我们班同学像保护一个秘密一样护着许桥，生怕她被十九班发现，又给挖回去。大家每天围着许桥，让她唱歌。这里没人当她有病，或者孤僻。好像大家都是奇怪的人，许多个奇形怪状的星球，组成了一个大的多元宇宙，独立又互相欣赏，我从未如此喜欢二十班。

爷们儿也去找过肖木生和朱婕好，但是木生就是不同意，甚至和爷

我 不 认 识 你 ， 但 我 记 得 你
remember
me

们儿在班里吵了起来。身边的同学强行把两个人劝开，爷们儿忿忿地出了教室，谁也不知道为什么木生这么抵触班级活动，后来爷们儿再没找过他们。

每天下午同学们还是照旧排练，木生还是守着婕妤在教室里坐着，像同一张纸上的两条平行线，彼此相望，互不打扰。

有一天下午排练间休，大家蒙住许桥的眼睛让她听声音猜人，开始我有点担心，不知道这样做许桥是否介意，后来我发现担心多余了，许桥并没有觉得不自在，相反，她变得开朗了。

我忽然想起爷爷和我说的，只要你记住自己的弱点，不被它打倒，那这个世界就没法伤害你了。

我明白爷爷的意思，弱点越是能被人拿出来晾晒，就越会变得平常，反而那些遮遮掩掩的谦让和俯身的慈善式保护，才是歧视的表现。同学们并没有把许桥的失认症当成一种病，他们甚至觉得，许桥只是健忘而已。

我也参与其中，蒙住许桥的眼睛，有时许桥猜得很准，有时一个都不对。大家正在讨论着，忽然停了下来，许桥在黑暗中问了几声，我松开手，她也顺着我们的目光一起看向门口，朱婕妤站在那，有点讨好地对着我们笑。

爷们儿刚想开口招呼她进来，朱婕妤自己先一瘸一拐地走到了大伙旁边，有女生过去扶她，问是脚崴了吗？她说不是，是小儿麻痹。

她说得自然，像回答了无数次。

大伙都围坐到朱婕妤旁边，认真地听她说话。

朱婕妤和爷们儿说：“木生睡着了，我偷跑出来的。其实我挺想和大家一起练的，但木生不让，怕大伙看见我这样。以后大伙也别劝了，别再吵起来，要是咱们班我俩也待不下去，就还要转学，我们都换了两个学校了，不能再耽误他了。我知道你们都是好心，但有些事，是没办法用好心去互相理解的。”

有同学想送朱婕妤回教室，她没让，大家也没坚持，怕让她感觉自己过于被照顾，像是过于被同情。所有人沉默地目送着她离开。

朱婕妤一瘸一拐地往回走，迎面走来的学生自动让开一条路，他们像树木一样站在两边，枝干交错一般交头接耳。议论声很小又很大，婕妤想快点走，但还要走稳，无论如何不能摔倒。

快到楼梯拐角时，朱婕妤正好撞见了出来找她的肖木生，两个人中间隔着不短不长的走廊，却谁也不肯再往前走。

两边的同学还在议论，婕好看着肖木生笑了，好像多年提心吊胆的秘密终于被放下，笑容里有一丝放松，又有一些讨好。

肖木生眼睛瞪得很大，他一动不动地紧紧攥着拳头，盯着婕好，好像明白她为什么这样做，又好像不完全明白。

朱婕好刚想开口说话，肖木生忽然躺在走廊的地上，号啕大哭起来。

03

离校庆还有一周的时间，下午排练时，爷们儿在门口说今天重新排一下队形，我们多了两个伙伴。肖木生背着朱婕好走进来，大家自动让出两个位置，木生把婕好放下来，自己站到了后面，排练开始。

许桥还是领唱，一切顺利，大家很快就有了属于自己的默契，还发现了另外一个惊喜，朱婕好。她也唱得格外好，爷们儿建议许桥和朱婕好一起领唱，大家都觉得好，许桥也高兴，自己有伴了。

朱婕好踉踉跄跄地走到许桥身边，大家也都没在意，他们继续练习，唱得越来越好，从内到外地打开，歌声齐整，感情充沛，一切都那么自然，好像放下了该放下的，开始真正地年轻起来。

校庆前几天，学校安排每个节目去礼堂彩排。一栋年久失修的建筑，后台根本站不下超过二十个人，除了工作人员，所有参与演出的同学都要在台下候场，报幕结束后，再从舞台的一侧踩着台阶上去。

候场时我们自信满满，喇叭里喊二十班彩排开始，大家刚上台还没站好队形，就被老师叫住了。年级主任指着肖木生和朱婕妤说："那两位同学，你们怎么回事？"

朱婕妤从肖木生的后背上下来，挣脱开扶着她的手，想自己走到舞台中间，许桥跑过去扶着婕妤，但她走路还是一瘸一拐。

老师没有退让，还在大声呵斥："这是什么场合，平时睁一只眼闭一只眼，校庆的演出怎么能这个样子，让市里的领导还有学生的家长看见，会怎么看我们学校？"

大家想解释，却不知道怎么开口，尴尬地不上不下，老张忽然跑出来稳住局面，指挥大家站好，开始彩排。好像忽然被打乱了节奏，大家都没有找到排练时的感觉，彩排很不理想，下来后大家都很沮丧。

朱婕妤偷偷和爷们儿说，她还是退出吧，让大伙上，许桥自己唱也没问题。爷们儿什么都没说，转身出去。许桥和婕妤说：要不，上台的时候我背着你？所有女生都围了过去，她们争抢着要背婕妤上台。

肖木生坐在教室门口抓头发，我、爷们儿，还有项童和猴子都坐在他旁边，好像都在努力分担他的难过。

木生忽然说："从台下到台上，十几级台阶而已，但是对于婕妤来说有多难呢？她要用爬的才行。那么多人看着呢，挺好的一事，她想唱的，但我不想她就那样上去，不是我不懂事，我就是觉得她要是爬了上去，我这辈子都站不起来了，我必须背着她。"

"找个女生背着她呢？"爷们儿蹲在肖木生身边说。

"我也想过，可哪个正常的女生是需要另一个人来背的呢？我知道我背着也不好，可是我想不出别的法子了，我只能一直背着，到哪都不放下。"

木生说这话的时候，我一瞬间想起我爷，他说不能放下，也不会放下。我忽然很羡慕婕妤，我也拥有过一个后背，我从上面下来，看着他走远，然后再也不能被人拥抱，却迫不及待地想要拥抱别人。

我和木生说："那你就背着吧，我们一起背着。"

说完，我斜着脑袋看着教室里的许桥和婕妤，低声和木生说："我从小就被爸妈放弃了，许桥也是，所以我们都知道挣扎对于我们来说，意味着什么。"

木生看着我，眼睛里的难过有所缓和，我知道用痛苦安慰痛苦是最笨拙的方式，我只是不想让他看起来那么孤单，我知道那是什么滋味。

傍晚下自习的铃声响了，同学们涌出教室。他们路过后门坐着的五个男生，好像他们如此不同，又好像没什么两样。

校庆当天，学校被装点得特别隆重，但老师们都像走走程序的样子。新鲜感有些，不耐烦也有些，老张最开心，他觉得这是好事，能发现学生不同的地方。他衣着正式、严肃，在心里替自己的学生骄傲，没人会比我们班更好，今天就是让所有人重新认识二十班的机会。

礼堂座无虚席，一切井然有序，开场的几个节目都很传统，硬撑着的活力，有架势没灵魂的年轻，机械式的重复。前排有老师犯瞌睡，也有学生偷偷离场，多数人心里想的是快点结束，没有谁在认真庆祝。

老张气定神闲地等着。仪式感是一件多好的事啊，像存档一样，把这个时间发生的一切，有标识性地写进个人的历史。

主持人上台报幕，终于轮到我们班了。台下歪斜着坐的同学正了正身子，重新坐好，前排的老师提了提眼镜，表面上多数人都漫不经心，却又都竖起好奇的耳朵，好像在等着看戏。

舞台下面候场的位置上空无一人，老张也是才注意自己的学生都没在指定位置。主持人报幕完了却没看到二十班的人，后台也慌张起来，工作人员说刚才还看见他们在这呢，主持人又尴尬地重新报了一遍。

还是一片死寂，就这样沉默了十几秒后，礼堂大门的位置忽然有零碎的脚步声和说话声，大门被撞开，二十班的学生们冲了进来，每个男生都西装革履，每个女孩都穿着长裙，她们都趴在男生的背上，或者被公主抱着，每个男生身上都挂着一个女生，他们喊着，也笑着，冲上了舞台中央。整个礼堂像被点燃了一样，口哨声，呐喊声，所有学生都在叫好，尽管他们不知道这喝彩是为了什么。

我和木生把各自背上的女主角小心翼翼地放在舞台中央，许桥穿着一套白色落地长裙，婕妤则是一袭宝蓝色长晚礼服。两个女主角像参加颁奖晚会一般隆重，当她们站好，整个礼堂自然而然地安静下来。

开始了，一切就像预料中的那样简洁而完整。我们进场的方式和着装为我们赢得了欢呼和自信，所有的紧张都不见了，好像我们活着就是在等这一刻。

合唱结束，二十班谢幕后，现场安静了一会，才回以最热烈的掌声。

绅士们重新背起自己的公主走下台阶。老师们皱着眉头，两边的学生撕心裂肺地叫好，背着公主的男孩们从礼堂中间的过道冲了出去，他们在学校里奔跑，在教学楼之间奔跑，一路的掌声与欢呼，有穿校服的男生同样背起同学加入进来，像是一场游行，感染着每个人。

婕妤在木生耳边说，这是我十几年来最幸福的一天。项童问爷们，你要是累了就放我下来。教导主任跑到老张那儿说，我好像看见你们班长抱着一个男生。老张眯着眼睛说，你看错了，那是我们班最好看的女孩。然后他转身看着礼堂的大门，笑声和年轻的身影早已消失在刺眼的阳光中，老张笑得合不拢嘴，真好，年轻真好啊。

跑了一会儿后大家都累了，但还是踉踉跄跄地前行，爷们在后面一字一顿地说："也不知道，咱这节目能排第几？"

猴子大喘气回他："不挨处分就烧高香了，还排第几？"

我侧过头看了一眼猴子，小声问背后的许桥："你高兴吗？"

许桥点了点头，没有说话。但是我看见了，影子给了我答案，我在地上看见背后的人丝毫没有迟疑地点头。

我加速，甩开了后面的人，我想许桥能说话，能偷偷告诉我，自己很快乐。

"许桥，你高兴吗？"

"高兴，我都快不认识我自己了。"

"没事，你能认出我就行了。"

"那要是你也变了，我认不出来怎么办？"

"我不会变的。"

"人都会变的，就算我们老了，也会一直变。"

我觉得有点累，开始慢下来，享受最后的这一刻。想着小时候我爷就是这样背着我，在城市里寻找奶奶。我努力记下每一条街道、每一处拐角，希望自己能成为爷爷的地图，走到哪都被他带着，不是一个人留在家里，不再被抛弃。我害怕，怕一走了之的母亲，怕一言不发的父亲，我只有爷爷，生来就已经年迈的爷爷。

我想起那时和爷爷的对话，和此刻有什么不同。爱一个人是不是总想为对方做些什么，想倾尽所有，想拼命成全，想成为对方的父母。

可是爱又那么地自以为是，我爷以为自己走了就不会变成累赘，我爸想着把我送进昂贵的私立高中，就算是对我负责，从来没有人问过我自己到底想要什么。

想到这，好像我也没有问过许桥，她到底想要什么。或许我想让许桥快乐的原因，也仅仅是想自己也跟着快乐，我发现自己没有变成许桥的父母，却先成了她的孩子。

是什么时候开始的，人会失去对自己的认识？还是说，从一开始，我们就没有和自己真正地相认过。

[十]… 自己走过去

01

我总觉得上小学后，放学就变成了一个仪式，老师会堵在校门口，把从教室一拥而出的孩子们重新整理好，男女生各一排，出了门口由家长们领走。没人接的小孩组成一支队伍，像公交车一样定好路线，谁到站了自动脱落回家。

每次放学我都想第一时间冲出去，但老师总是把我拦住，整理整理衣服，然后把我摆到队伍里，好像我是要送出的货物。我爷还是每天来接我放学，在还没出学校的前几分钟，我会在校门口的人群中寻找他的身影，总觉得看见我爷了，就像是已经回家了。

有时候我会看见他靠在门上休息，风吹起已经稀疏的白发。有时他被挤到后面，踮着脚往里看，我知道他看不见我，他太矮了，我也太小了。

后来我再也不第一个冲出教室，而是和大家一起排队，给我爷做个样子，好像我已经融入进去，让他放心一点。我也学着多些笑容，显得很开心一样。

班里我的年纪最小，讲台边有一个雅座只属于我。特殊待遇总会换来被孤立的理由，同学们都不太爱搭理我，但我不在乎，我也不想惹事，我怕老师和我爷打报告。老师看我爷不容易，也会照顾照顾我，在一个近乎无知而又纯粹的环境里，我的处境忽然变得尴尬起来。

上小学前，田医生和我爷说，小学是孩子接触的第一个综合型环境，它有单纯，也有复杂，也是最接近原始社会的形态。人越长大，就越会埋没自己的本能，而小孩是最遵从自己本能生活的，他们都会根据自己的欲望去做判断，他们想吃这个蛋糕，想要这个玩具，就会直接去索取，不会过多考虑。老师夸奖了你，没有夸奖我，那这就是我的失去，嫉妒也是欲望，会开始生出新的意识。

我爷似懂非懂，他好像有那么多疑问，不知道先问哪一个。很多时候他会看着我，然后一言不发，这些问题一直跟着他，从田医生那，到我这。

有一次他又去问田医生，我的那个“心病”到底好没好。

田医生说："不是好没好的事，你们永远不知道你们的行为，会对孩子产生怎样的影响，这才是最困难的地方。如果他已经懂得控制自己的本性，只是不懂得如何表达，但他又什么都明白，那就说明他学会了站在别人的角度去考虑问题了，他已经长大了，就不会再治愈了。"

我爷没事的时候，就会琢磨田医生的话，开始他觉得自己好像没太明白什么意思，还风风火火地继续找我奶。有一次我放学，站在门口装开心对他傻笑，说今天在学校和同学一起玩可开心了。

我爷好像一下就明白了，他表情复杂地看着我，然后捂着胸口蹲下来喘气。我过去抱住他，不敢说话，好像自己做错了什么。

幼儿园门口那次争执后，我爷的心脏就开始不好，仿佛每次呼吸都伴着不大不小的疼痛。他一直没去检查，怕检查以后生活更不如现在，只能选择心虚，不能接受真相。

我发现了他的害怕，是从他把我推向我爸开始。那天是我爸出车回来的日子，吃完晚饭，我听见他们在客厅里谈话，我开了一道门缝，听见我爸和我爷说："明天带你去医院看看吧。"

我爷摆了摆手说："不去，去了就出不来了。"

"你别折腾了，能找的我都找了。"

“我不是为了能找着，是为了拉自己一把。”

“你就快把自己搭进去了。”

“等我动不了了，我就自个去养老院，不给你们添麻烦。让秋自己会买菜做饭，我偷偷留了钱，但你也要管管他，出车能带也带着他，等他上初中就住校，以后就好说了。”

“我只要一看见他，就会想起他妈，走的时候什么都没留下，连句话都没有。他现在也不和我说话，说不定他以后和他妈一样，什么都不留下。要怪，就怪他妈吧。”

“孩子不会怪妈妈，他长大肯定得怪你，因为你留下来，却没好好对他。”

我当时心里想的却是，我可以怪他吗？为什么我从来没有这样想过，那爷爷你有怪过谁吗？我们是不是都一样，连个可以怪罪的人都没有。

02

作为交换，我爷答应去医院检查，但我爸必须给我买个生日礼物。之前我和爷爷说过，想要一本《新华字典》，红皮方形的，同学都有。我一边说一边用拇指和食指拼成一个直角，然后比划着字典的大小。

几天后我生日，我爸半夜回来真的带了一本字典，他闯进我的卧室，把我叫醒，然后拿出一本超豪华装的《新华字典》，方方正正，是一般字典的几倍大。

那是我第一次收到这么隆重的礼物，以至于我都不敢相信自己是醒的，所以没敢伸手接。我爸抓住我的手，把字典放到我手上，我双手一沉，坐到床上。他转身离开，我迅速地关灯，黑暗重新占领房间，然后我回到床上躺下来，怀里抱着字典，半睡半醒地眯着，好像有人要把字典抢走似的。

第二天我醒得很早，把字典放进书包，出来吃早餐。我爷不在，跟我爸去医院了，我自己吃好饭，然后出门上学。路上我走得飞快，好像迫不及待地想要坐进教室里，把这本隆重的字典从书包里拿出来，摆在桌面上，然后数数有多少接踵而来的目光。我不喜欢被关注，只是想满足自己的从众和虚荣，你们有的东西我也有。

给我爷做检查的医生和他年纪不相上下，和我爷寒暄着说："老哥哥，你问题很严重，你这心脏啊，太大了，随时都有危险。"

我爷或许还没明白过来问题有多严重，他笑了，然后和医生说："我知道我心大，要不然能活到现在么？"

医生愣了一下，叹了口气，他也跟着爷爷笑了。我爸不太懂这俩老头为什么笑，他只是站在外面，觉得两个老头说的不是一件事，但他看着两人笑了一会后，又觉得他们说的是一回事。

晚上我回家后，发现家里一个人都没有，却比以往都整洁干净。我在屋子里来回踱步，今天是我的生日，我爷爷什么时候回来？今天晚上吃什么呢？

我去了我爷的房间，缺了腿的衣架上挂着布包旧外套，夕阳照进来，落在老木床上，没有声音也觉得它在吱吱作响。我走过去悄悄坐在上面，真软啊，然后抬起头，看见对面的旧衣柜镜子里的自己，衣柜旁边立着爷爷的画板。

那块四分五裂，却又被我爷黏好的，写着奶奶名字和信息的画板。

我走过去，把画板两边的绳子抬起来挂在身上，画板下沿直接立在脚面上，我抓住画板，紧盯着镜子里的自己，然后试着学我爷的口吻说："我叫刘兴臣，我老伴儿叫潘亚芬，几年前在长春火车站走失，身着灰蓝色上衣、黑色裤子，略微弯腰，请看见的人与我联系。"

我重复了几遍，然后停下来，看了会儿画板上歪歪扭扭的字，我记得字是我写的，又被爷爷重描了一遍加深。我开口说："我叫刘让秋，我爷爷叫刘兴臣，我在找我奶奶。我奶奶叫潘亚芬，几年前在长春火车站走丢，身着灰蓝色上衣、黑色裤子，略微弯腰，请看见的人与我联系。”

身后有动静，我回头，发现我爷站在门口，双手自然地下垂，紧皱着眉头。他走过来把我身上的画板取下来，放到了衣柜上面，我够不着的地方。

这个生日和以往不一样，我感觉到了，蛋糕的尺寸和满桌的菜都跟以前不一样。我总觉得哪里不对，但是不敢开口。我爷好像还沉浸在我背着画板的那个画面里，脸上写满了愁苦，他点燃蜡烛，把蛋糕推到我面前低声说：“咱们让秋许个愿吧，然后吹蜡烛。”

我慢慢地把脸按下去，开始不停地思索，许个什么愿呢？想了半天也想不到，我怎么会是个没有愿望的人呢？后来我想到了，希望奶奶早点回家，或者希望自己快点长大。我默念了几遍，然后吹蜡烛，火苗一下就灭了，轻松得我都觉得愿望如此脆弱，我不太敢信了。

吃完饭后爷爷拿着布包准备出门，我也起身跟着，但他却不带我去，让我自己留在家里。我不愿意，抱着他的腿不松手，我不明白以前出门我奶奶都带着我，怎么过个生日就不带了。

我爷硬拽开我的手，把我推到门后去，我放声大哭，就好像他马上要离我而去一样，我太害怕了。

我爷爷的耐心没了，他吼我：“你这么不听话，爷还怎么放心去找你奶奶？”

我当时想都没想，脱口而出：“爷爷我不是不听话，我怕你像我奶奶一样什么都忘了，我怕你也走了不回来。”

我爷愣在原地，他一下冷静下来，蹲到我旁边说：“让秋你记着，要是爷爷不回来了，就是找到你奶奶了，就是找到了。”

我想说爷啊你没懂我的意思，回不来了和不回来了，是两码事。我不是不让你走，我是怕你走，怕你忘了我，也怕你不要我。但我忍住了，什么都没说，就看着他出门，我总觉得只有这样，他才会回来。

那天爷爷出去了很久，我有点担心，于是出门找他。在路上被一辆三轮车撞倒了，受了点皮外伤，撞我的车夫人品还算好，不仅送我去了医院，还给我买了零食和水果，又不好意思地塞给我一点钱。

回家后我拿着车夫留下的零散钞票问：“爷爷啊，我是不是能挣钱了？”

他一愣，诧异地看着我，坐在沙发上，慢慢地用手摩擦着我的伤口，像在安抚我，又像给自己疗伤。我看见闭着眼睛的爷爷，伸手揉开他脸上挤在一起的皱纹，小心地问：“爷爷你怎么了？”

“爷爷想去一个地方。”

“那你就去吧。”

“可是那里很远，看起来可望而不可即。”

“爷爷你别望了，也别想着我，你就去吧，一定会到达的。”

说完我拿起茶几上的笔和纸开始画，人民大街一路往下，从南湖大路走到自由大路，再到解放大路。我拿着笔又拐到儿童公园玩了一会儿，然后从里面出来，顺到东中华路，走到同志街，一路回转到桂林路。

笔在那停了一会，我放下笔说：“爷爷啊你看我想去哪就去哪，知道怎么走就行了，现在我到沙发上去了。”

说完我站在沙发的靠背顶上，对着他笑。

日落前最后一点光描出我爷侧脸弯折的曲线，他望着我，像望着一个陌生人。地上的影子散开了又重新回到他身上，好像带了新的部分，重新组成了一个人。

我们就这样，像不认识对方一样互相看着，好像不曾彼此陪伴。

03

我小时候不懂事，什么都敢问。有时候晚上睡觉浅，听见我爷大喊大叫，就过去问他，爷爷啊，你梦里咋那么苦啊？

我爷说他的梦，就像把自己这辈子快进一遍遍回放，一层包着一层。有时候自己知道自己在做梦，也知道该醒了，但他依旧梦着。

我听着也觉得难受，好像梦真的把他的人生缩短了。我告诉他如果做噩梦了，就掐自己一下，痛了，人自然就醒了。但他没告诉我，如果梦里没有现实里疼的话，无论怎么掐自己，都是感受不到的，现实太疼了，所以梦就不容易醒。

人们常说梦见是因为执着，我也这样觉得，失去什么以后一旦念念不忘，它就会无处不在。生活里到处都是，新闻里也是，只要听说哪里有流浪的老人，我爷都会第一时间赶过去。

有一次他听邻居说在伊通河边看见一个捡垃圾的老太太，他打车去了，沿河边跑着找，从桥下到桥上，一边找不着又到另一边。直到无路可走，夜色黑得什么也看不见，他在一个自己不知道是哪的地方蹲下来，一边喘气一边喊我奶奶的名字。

那时我爷真以为自己在做梦，他也一度相信那是梦，以至于后来他老是想不起自己是怎么回的家。

我爷老是说记忆是非常任性的，你不能选择记住什么，也不能选择遗忘什么。甚至人们常常会觉得是自己被丢下了，被这个世界遗忘了。所以我爷也会恐惧，怕自己有一天会老得忘记我，忘记我奶奶，忘了她还在外面，还在流离失所。

城市的地图变成一个黑洞，我看着我爷在里面打转。他经常坐在公交车里绕着城市转，有人给他让座，他知道人家不一定都是心甘情愿，上年纪就会被社会抛弃，没人愿意听你说话，连自己的孩子都不愿意。不再被人需要，也不被人理解，老人活着真难，那些没在秩序中的老人肯定更难。

路上每个流浪的老人都变成了我爷的亲人，他给这些老人发奶奶的照片和热乎的馒头，还尾随在这些老人后面，看看他们最终去哪，是不是有个据点。有些老人回了灯火通明的家，有些老人原地蒸发，变成我爷的梦魇。

这些老人常年活在他心里，他们有的面目模糊，有的长了一张我奶奶的脸，眼眶凹陷，皱纹满布，目光惶恐地看着我爷，看着这个陌生的世界。

有一天晚上我听见走廊里有动静，起身出门，发现我爷爷扶着墙，小心翼翼地走到客厅衣架边上，瘫跪在地上掏出药瓶，倒出几粒药在瓶盖里仰头吞下，拼命拍打着前胸。我走到茶几前，端起茶缸送到他嘴边，他看见我，直接把药吞了，停顿了片刻，才接过茶缸，将里面的水一饮而尽，然后长舒一口气，躺在地上。我躺在他旁边，蜷缩着脑袋搭在他的肚子上。

我不敢问他吃的什么药，也不敢问他哪难受，但是我好奇，于是就问："爷啊，你做的什么梦啊？"

我爷说："我梦见你奶奶了，在河对面，我游过去上了岸，却发现什么都没有，我到河边洗把脸，在倒影里又看见你奶奶，我跳下去，她又没了。我就醒了，我开灯坐起来，对着镜子，我发现我和你奶奶一模一样，河里不是别人，就是我自己。"

我听着有点害怕，就问他："爷啊，那你下次找奶奶能带上我吗？"

"让秋听话，在家等着，爷爷不是不管你，爷爷是怕你奶奶一直漂在外面，落叶归根也得有个地方。爷爷走了你不要怕，也不要哭，等你长大了，爷爷就回来了。"

"爷爷我不哭，我没那么轻易哭。我们换班主任的时候所有人都哭了，但我没哭，虽然我也难过，但我就是哭不出来，后来他们还骂我没感情，我害怕了，但我还是没哭。"

我爷爷摸着我的头，我感觉得到他的手在抖。

"爷爷身体也不好了，你爸也没精力一起照顾咱俩，你得好好和你爸相处，别怕他，有的事他也是没办法。等你长大了就都明白了。”

“爷啊，那我什么时候才能长大啊？”

“什么时候你不跟着大家哭也不会害怕，什么时候你敢和别人不一样了，也能承受和别人不一样的后果了，你就真正地长大了，也真正地了解自己了。”

我在心里反复念了几遍我爷的话，慢慢地又困了，然后趴在他怀里睡觉。我爷抱起我坐在沙发上，直到清晨阳光直射进房间，灰尘也刚好起床，颗粒分明地散落在空气里。然后我爷像平常一样帮我穿好衣服，做好早餐，准备送我上学。

出门前我爷问我：“让秋想不想快点长大？”

“想。”我不假思索地回答。

“那以后让秋就得试着自己上学放学，爷爷不能天天接送你，行吗？”

我没答应，因为我知道，我爷他狠不下心来，就像哄我上幼儿园一样，我一闹别扭，他又舍不得了。可是我忽然不忍心闹了，我想以后就自己上学放学吧，之前我爷不在家的时候，我不也是一个人来回么。

我爷看我默认了，就带我出了门，我们俩沿着繁荣路往下走，路过掩埋过去的高楼、崭新的商店，路过许多人，许多声音，快的慢的。但我们俩还是我们俩。

走到学校对面的路口时，我爷停下来拽住我，抬头看了看人行道那边的红灯，爷俩等了一会儿，直到绿灯亮了，我爷爷指着绿灯的方向和我说："今天，你得自己走过去。"

我听见了他的话，但我没有动，直到绿灯开始频闪，我抬头，看了一眼我爷头上稀疏而又凌乱的白发，于是硬着头皮往前走。

我走得很慢，一步一点地往前挪，好像每一脚都看着后面。周围一切都静下来，我的耳朵里不再有别的声音，路走了一半，不知道为什么，想多看几眼我爷，于是我停在斑马线上，回过头看他。

我爷挥手，催我快过去，我还是没动，眼睛眯成一条缝，聚焦对准他身体的每个细节：洗得发蓝的外衣，磨损严重的黑色板鞋，裤子腿一长一短，挽起的裤脚下面露出瘦如枝干的脚踝。

我仔细地看他，像前一晚记下他的每句话一样。忽然绿灯变红，时间拖到了尽头，我还是站在马路中间。我爷有点害怕，他慌张地看向两边的车辆，惊讶地发现路旁的汽车都没有启动，甚至没人按喇叭，无论是货车、出租车，还是轿车，他们都无缘无故地沉默，好像都在等待眼前这个孩子，等着我平稳地自己走过去。

我转过身去，背对着我爷说："爷啊，我这就过去了。"

我爷在马路的这一边，看着我顶着红灯过去，融入到上学孩子的队伍里，马路恢复忙碌，汽车穿行，人潮涌动。他终于松了一口气，刚想转身，忽然心口疼得厉害，被迫蹲下来，在车辆和人群的缝隙里，影影绰绰地看见了我的背影，那个旧得非常好认的书包，混在鲜艳的卡通书包里，沉默地往前走。

然后我爷弯着身体，栽倒在路边呜咽着，他可能特别想号啕大哭一次，也可能想要说什么，所以他一直张着嘴，好像还有事没交代，但什么都做不了了，只能安静地闭上眼，睡过去，就像每天晚上一样。不同的是，这次不会再有梦了。

04

我爷离开有两天了，在家的时候我会在窗前望一会儿，也偶尔在房间里走个来回，有时候会无意地叫几声爷爷啊，没人答应，我就使劲地掐自己一下，疼了，人就醒了。我总觉得爷爷马上就会回来，但我又想他能找到奶奶，这种纠结让我在家里坐立不安。

第三天傍晚我放学到家，我爸忽然往家里座机打了个电话，说晚上要回来。我忽然想到爷爷没回来，可能是又被警察带到警察局了，又要被我爸领回来。

我怕他们又在家里争吵，于是我先把家里里外外收拾一遍，然后背上书包出门买菜，希望他们一进屋就能马上吃饭，忘记吵架这回事。

买菜回来的路上，我正好撞见我爸的货车停在小区门口的空地边上。我爸已经到家了，自己还是晚了一步。到家以后发现家里并没有人，一直到晚上，也没有人回来。

那一晚，我梦见我爷回来了，我们又重逢了。在火车站，逆着人潮有一个站着不动的老头，他挂着画板对着我笑，两边路过的人不停地撞击他的肩膀，他自言自语地说，让秋听话，等着爷爷。

醒来后，我甚至觉得昨晚梦里见到的，就是我爷爷，好像自己掌握了和爷爷重逢的方式。我偷偷保守着这个秘密，晚上还是正常买菜做饭，什么都不问，也什么都不说，带着期待睡过去，但是这次却没有再梦见他。

早上起来我走出房门，忽然发现客厅旧柜子上摆了一个盒子，旁边又放了一张黑白照片。我走过去，照片里的人像是我爸，又像我爷爷，总之照片里的人很年轻，好像还没有那么多故事和皱纹。

房门忽然打开，我爸疲惫地走进来，穿戴暗淡而严肃，身后跟着许多人。他截了一块黑布递给我，然后站起来和我说，一会我们去送爷爷。

我一动不动地看着柜子上的照片，书包里的书本散落了一地，我没有去捡，而是攥紧拳头忍着眼泪，静静地看着。我知道，从那以后，我再也不能当小孩了。

[十一] … 重新开始

01

校庆后，校长把我们几个带头的学生叫到了办公室谈话，每人写一份检讨交上去。老张到办公室把我们领了回来，回去的路上我们几个在后面战战兢兢地跟着，谁也没说话，到了教室门口老张回头问，谁带的头啊？

我举手，爷们儿也举。老张皱着眉让其他人回了教室，带着我出了教学楼，在操场边的石凳上坐下。上体育课的班级在跑圈，有人时不时望向这边，老张买了两罐可乐，递给我一罐，然后自己起开，咕咚咕咚地喝下去，打了个响嗝，忽然开口问我："让秋，你知道教育难，具体难在哪吗？"

我想了想："难在学生不听话，不理解你。"

"不是，你正好说反了，是老师不理解学生。"

我没懂，放下手中的可乐，看着他。

老张看着操场，说："人最可怕的情感就是麻木，人一旦麻木，就会变得非常可恶。我哥在火葬场工作，时间长了，他就没了正常人看见尸体的恐惧和难过，这就是麻木。当一个老师疲惫麻木后，在他眼里，学生就只有听话，和不听话。他就不会再去了解学生背后的事情，他们生活在怎样的家庭，到底经历过什么。你只有了解这些，才能明白这个孩子到底发生了什么。没有人关心教育真正的本质，都是标签化每个人，然后重复流水线的工作。”

说完他补了一口饮料，润了润嗓子，继续说：“想要当好老师，就要去了解每一个人，每个孩子的家庭背景，每个孩子的生活经历，你只有了解这些，才能真正地知道，这个孩子为什么变成今天这样。我们总说为人师表，教书育人。可许多老师真的只是在教书，没有育人。让秋，考试有标准，成绩也有，但教育和人是没有标准答案的，我不知道我的行为会给你们带来什么影响，我不知道我的放任和严苛最终会让你变成什么样的人，因为我不了解你们，这才是教育最难的地方。”

“老师，那我们这样做，是对是错啊？”

“你不能总是拿对和错去衡量一件事。有些事情即使是错的，我们也要坚持，有些事情看似对，也没什么意义，我们要找出自己看重的那部分。人这一辈子，不是总有机会去问对错的，都是一次接着一次的权衡，所以有时候我希望你们能给自己做选择，而我只是尽可能地给你们提供更多、更可靠的选择。我总觉得其实教育的本质，不在于教你们学习知识，也不是要培养你们的素质和修养，而是培养你们在这些方面的独立性，和自觉性。”

我好像听懂了一些，又没完全懂，低下头想了一会儿。

老张又指着门口路过的打更老头说：“老白在咱们学校打更几十年了，我听说有这个学校的时候，他就在这了。我还听说老白原来就在咱们学校上过学，那时候他就穷，都是靠班里同学接济。有一次同学丢了钱，老师错冤枉了他，导致他大闹学校，退了学，在社会上游荡，始终没着落。几年前的这个时候，老白在咱们学校门口遇见了当年冤枉过他的那个老师，现在老白也已经是个颤颤巍巍的老人了，提起当初的事，他还是哭得像个快六十岁的孩子，你能想象吗？十几岁发生的事，一直影响他到今天。如果没有那件事，老白现在又在哪呢？让秋，我总说年轻真好，但你知道年轻真正好在哪儿吗？就好在你们不会麻木不仁，不会视而不见，更不会因为经历过不公，而选择性地自带偏见。”

我看着老白，试着理解老张话里的意思，但我还没来得及听懂老张的话，却开始难过起来。我想起自己的爷爷、许桥，想起很多人，想着原来有些人光是活着，就已经付出了所有的力气。

回去以后，我觉得这个上午，是我上学以来学到最多东西的上午。

校庆艺术节后，我们班比原来更受关注，尤其是带头的几个人。

我、许桥、爷们儿、项童、猴子，成了附中有名的五人组，经常一起结伴进出，也成了老师眼中重点关照的对象。我们吃饭一起，逃课也是一起，原来我只有猴子一个朋友，现在我有了许桥、项童、爷们儿。有时木生和婕妤也会和我们在一起。

许桥也比原来更出名了，学校还专门找了声乐老师来给她上课。平时经常有学生没事就在二十班门口转悠，还有人托关系买她的小二寸照片，或者托人给她带信，这些都被我拦下了，我甚至因为这些和别人打架，还被大公鸡带到了教导处。

等我从教导室出来，看见许桥站在门口等我，又觉得一切都不重要了。

我们五人小组的口碑，一直是靠爷们撑着，他的行为和外貌一样稳重，认真学习，作风良好，以至于大家叫他爷们儿都叫得心安理得，甚至忘了他还有个名字，叫高远。

高远之所以在这个捣蛋的五人小组里，完全是因为项童。从小他们就在一起玩了，那会儿项童就像个小姑娘，高远一直护着他，因为长得老，欺负项童的小孩都以为高远是他哥。项童家境好，每次一群孩子正围着项童书包抢零食呢，高远从远处咆哮着连滚带爬地跑过来，孩子们一哄而散，项童坐在地上直直地看着高远。

他们从小学，初中，一直都是一个班，上高中后高远来了附中，项童家里托关系，送到了国际学校。后来项童在国际学校因为着装个性、化妆等问题被约谈，然后又转去了附中。

外人见了项童多数都会说“你还是学生啊”或者“你是个男的”。

可高远从来不会，好像在他眼里，项童那些不被人理解的行为，都是那么的合情合理。

有时候五人小组从操场上走过去，站在三楼的老师会不自主地问，这几个人到底是怎么凑到一起的。路过的老张笑了，他走出一段距离后也转身在窗边俯视那几个孩子，好像看见几个截然不同的人生相互交会，摩擦出让人羡慕又美得危险的火花，然而他们最终又会去向哪呢？

02

之前许桥很喜欢的一个歌手，要来长春开演唱会，时间正好是暑假，她想去看，又羞于和家里人开口。过早地懂事让她从一开始就学会了克制，没有欲望和要求，时刻小心翼翼，只会接受，不懂索取。

我听她念叨了一次，打算带她去看，可是我的钱只够维持生活，我也不想开口和我爸要，打工攒钱太慢了，总得想点其他办法。

猴子说进点东西去桂林路摆摊，我们俩进了点袜子、中性笔和速写本，试水半个月，不赔不赚还压了一点货。我很发愁，每天抓耳挠腮的。

猴子问我，就那么想看演唱会？

我和猴子说，许桥除了和我们在一起，几乎没有其他的娱乐。但她喜欢音乐，喜欢唱，也喜欢听。她能通过音色来分辨每一个歌手，我们俩没事的时候就拿着MP3猜歌手玩，那个时候，她能记下每一个人，能在那里找到一个正常人的感觉。

猴子把烟掐了，很长时间都没说话。

第二天，猴子带我溜去艺术实验楼里，偷拿出一个音响和一个麦克风。晚上全校都放学了，我们俩最后走的，猴子装胃疼引开了门口打更的老白，我几乎是笑着磕磕绊绊地把音响从门口推出来，差点撞到门口的栏杆。我们俩推着设备，沿着马路滑下去，像通往宝藏的地道一样快乐。

暑假刚开始后的每天傍晚，我，猴子，还有许桥，三个人推着音响和麦克，在人头攒动的桂林路摆摊。还是卖那些零碎的商品，不同的是这次我们想让许桥唱歌招揽生意。一开始许桥根本放不开，她拿着麦克，低着头，一动不动站在那，人们路过她像路过一尊雕塑。

路演的第一天，一首歌没唱，无功而返。第二次去的时候，猴子叫上了项童和高远，希望人多能给许桥壮胆，可到了地方还是和上次一样，许桥连头都不敢抬起来。

我忽然觉得这事或许从一开始就想错了，许桥本来就不适合抛头露面，明明是想攒钱带她去，怎么让她变成了工具呢？还不如自己唱，我走过去，把许桥的话筒抢过来，深呼吸了一会儿，开始唱歌。

路人纷纷侧目，好奇又冷漠。我的歌根本不在调上，项童过来抢走了麦克，告诉我靠边站，然后自己清了清嗓子，换了女声唱起了反串。

要是只听声音，肯定不会认为歌是男孩唱的，像是受过专业训练，一曲作罢，地摊前围满了人。

“这孩子唱得真好，是民歌吗？”

“是男孩还是女孩啊？”

项童好像天生就该站在聚光灯下，人越多，他唱得越好，没过多久，我们钱盒子就满了。我继续吆喝，买卖也好了起来，高远去买了一些水，回来站在旁边帮着望风。

只有许桥站在一边，但她没有觉得孤单，只是开心地看着项童笑。项童也发现了，他唱完一首，喝了口水，又开始唱《望北》。

他边走边唱，走到许桥边上，表情丰富地看着许桥，于是许桥也开始跟着小声哼唱，慢慢把声音提起来。当项童把话筒递到她嘴边时，观众听见了许桥的声音，所有人都瞪大了眼睛，连路人也停了下来。

许桥虽然没有停止唱歌，但她显然也被这一幕吓了一跳，她近距离地看这些陌生人，可能下一秒就忘记他们的脸、他们的模样。

但人们惊讶的表情和目光，一直记在她的心里，她好像忽然感动起来，开始享受这个时刻。她越唱越好，仿佛这些陌生人给了她力量，关于记忆的力量，让她对一切都有了印象，许桥好像爱上了这种感觉。

那天我们收获颇丰。于是接下来的几天，我们照旧行动，目的好像已经不再是赚钱，而是真正地把它当成表演，伸展自己的方式，享受赞美、掌声，把青春里失去的目光收集回来。

城管来轰过几次，我们几个收拾设备躲了一会，等城管走了我们又回来。有一次城管看见我们打游击了，直接来抢音响，我和城管扭在一起，接着猴子加入进来，高远和项童抱起设备逃窜，只剩许桥原地傻傻站着。

猴子撞开抱着我的人，我们俩踉踉跄跄地从人群里出来，分开逃跑，猴子钻进了人堆，我一把抓起许桥，跑进了胡同。

我们穿过人群和街道，在人声鼎沸中数着自己的呼吸，没几条街城管就被甩开了。许桥知道我记得所有的街道，所以每当有城管出现，她一点都不紧张，跟着我跑就行了。

后来城管变聪明了，从四面八方冲过来，把我们围住。我知道这次跑不了了，于是习惯性地摸了摸受过伤的手腕，一只脚向后退一小步。许桥知道，我是准备冲上去了，她握紧了手里的麦克，被项童拽着躲开，高远和猴子在我左右。

然而我们仨很快就被制服了。但是许桥和项童得到了足够的撤离时间，当晚他们把麦克和音响偷偷归还给了学校，等他们俩从学校出来，不知道该怎么捞我们的时候，我们仨已经被放了，猴子他爸找了关系，我们大摇大摆地从局子里走出来。以前最痛恨特权，可是当自己享受到了便利，才明白特权有多么过瘾，尤其是把特权用在拥有特权的人身上，就像一种报复。

我们和许桥、项童胜利会师后，坐在恒客隆旁边的麦当劳里数零钱，加上之前手里的积蓄，演唱会的钱终于攒够了。为了庆祝，我们点了一个全家桶，用可乐干杯，每个人手里都有一大把零钱，把剩下的袜子、笔和本，都送给了麦当劳里的孩子和老人。

送东西的时候我眼眶湿热，觉得自己从没那么开心过，我身边是喜欢的人，最好的朋友，我们要去看演唱会了，我从未如此富有。更重要的是，我终于通过自己的努力，让我在意的人幸福了一次。

赶上暑假的末尾，慢吞吞的演唱会终于来了。晚上，我们五人组早早到了南岭体育场，还偷带了一大瓶酸奶，虽然位置很远，但我们都很兴奋，不安分地晃动着身体，观众陆续进场，在周围坐满。手机、荧光棒、几颗忘记回家的星星，成为夜色里互相瞭望的信号，闪烁着迎接一个美妙的夜晚。

这时场地的灯突然全都灭了，周围像停电一样陷入漆黑。所有人的兴奋都被夜色吸进去，恐慌、尖叫，大家分不清这是演唱会的一部分，还是纯粹的意外，所以都坐在自己的位置上等待着。

项童忽然说："大家都慌了，还挺好玩的。"

高远回他："是啊，原来只有我们慌，现在都开始慌了。"

他们没心没肺地大声交流，却做出很小心的样子。猴子瘫坐在塑料椅上，好像周围的一切都与他无关。我侧过脸去找许桥，发现她嘴里在不停地念叨什么，我探过头去听，是在唱歌，唱演唱会预告的曲目，她轻轻哼唱，就在自己的世界里，不管周围发生了什么。

我想起在学校的那次停电，我们在桌子下面短暂地交流，许桥说，她是自己唯一的娱乐。我看着她唱，然后也开始跟着她哼唱，接着五人组都加入进来，就像路演时一样。我们整齐又有力量，接着一拨又一拨的人加入我们，演出的乐队刚到门口，黑暗的体育场里却已经充满了歌声，好像演唱会早已开始，只为迎接如此盛大的年轻。

直到灯光亮起，歌手就位，我也没能把目光从许桥身上移开。那天回去的公交车上，我们坐在后排，许桥又不自觉地轻声哼唱起来，前面的人回头看我们，她才反应过来，然后把头埋到前座后面，低着头轻声和我说："和你在一起的时候，我老是控制不住自己。"

我也把头埋进前座去，我觉得我们好像两只鸵鸟，在世界乱糟糟的时候，总把头埋到另外一个地方偷偷说话，一种只属于我们的方式。

我埋着头，心想就这样往前走吧，我闭着眼睛和许桥说："快到家了，快到家了。"

［十二］… 活着就是坐牢

01

上了高三以后，许多人都在一夜之间长大。也有许多人接近崩溃的临界点，他们砸碎走廊的灯管，在厕所里吸烟，把好好的桌椅弄烂，从走廊的一头跑向另一头，在每个窗口前停下，然后哈哈大笑。每个人都有自己的专属表情，并且不会被别人打扰。

还有一些人成了植物，沉默地生长，茂盛或者枯萎。一个同学上午晕倒了，被大家举着送出教室，下午一切恢复如初，好像什么都没发生一样。

我们五人小组也没那么活跃了，猴子依然在后面睡觉，项童家里人要移民，他正在和家里冷战，高远还是老样子，只是成绩忽上忽下。许桥家里人想让她考中央音乐学院，每周一、三的下午，她都会去艺术楼上课，有专门的声乐老师来教，一个斯斯文文的男人，侧面看很像之前木生和婕妤的班主任，色徐。

艺术楼是个魔幻又尴尬的地方，更像是一个和艺术有关的仓库，一个只有三层的低矮建筑，外表破烂不堪，楼道却干净整洁。学校的许多物品毫无章法地存放在那，钢琴和冬天扫雪的铁锹在一个教室，许多庆典用的大圆鼓散落在房间的各个角落。每个教室里都堆放着学校不同的历史，用过的横幅，淘汰的桌椅，运动会才用的大红旗，每样东西都落满灰尘，安静地等待着被人召唤，重见天日。

楼里教室的门锁有的已经老化坏掉，用力一拽锁就开了，很多人躲进去聊天、吸烟、睡觉，走的时候再把门重新锁上，好像没人去过一样。每个去过那儿的人默契地对秘密守口如瓶，一把坏掉的锁偷偷藏着许多故事。

后来还有男生带着女朋友钻到艺术楼里亲热，还有人在那撞见色徐和一个复读的女学生。艺术楼在失去了艺术的身份后，连仓库的身份也被剥夺，大家给它重新起了个名字，叫“炮楼”。

有一次许桥去上声乐课，在艺术楼里又撞见了色徐，她没有认出色徐，而是错把他认成是自己的声乐老师，还习以为常地说老师好，打招呼，吓得色徐以为是捉弄他的讥讽。两个人尴尬地支支吾吾了一会，许桥问色徐，今天还练声么？

色徐才明白，许桥是认错了。以前只是听说，他从没清楚过失认症到底是个怎样的病，会有怎样的苦恼，是不是今天一起相处的人明天就会不记得，一切还能重新开始，没有裂痕需要修复，没有旧账可翻。人不被过去压着，或许就不会重蹈覆辙，老是被人置于过去的位置里，总会破罐破摔的，自己不想站起来，也没有人来扶自己。

色徐想着如果当初没有犯错，没有在刚工作的时候和女学生谈恋爱，没有被家长扭送到校长那，或许就不是今天这个结果了。他是真喜欢那个女学生，特别喜欢的那种，直到那个女孩在校长难堪的表情和母亲飞溅的吐沫中说："我不是自愿的。"

对于这个故事每届学生嘴里的版本都不一样，学校里娱乐太少，校长的裤子上有个洞都能被传好几个月。色徐想翻身，但各种版本的同一个故事根本不给他机会，他想过重新塑造一个形象给大家，努力了很多年，还是被大家叫色徐。

如果没遇见那个女生，自己的人生会不会不同？也会是个受人尊敬的老师，也会有媒人给自己介绍对象，不至于快四十了也无人问津。会不会早就评了先进？截然不同的人生，好像永远也无法逃开的阴影，被躲开的美好像一种无法言说的病痛与煎熬，他总是需要麻痹和放纵来缓解。

色徐的扇子面上没有字，有学生说是一清二白的意思，曾经有毕业生偷偷溜进办公室，把扇面涂黑了。

色徐看见后捧腹大笑，心里想着还内敛什么啊，你再努力经营形象，人家也不会觉得你焕然一新。没人愿意更改定论，尤其是那些已定的罪恶和腐烂。人们需要更加难堪的人和事来为自己开解，改变会让他们的乐趣变少，他们愿意看见不好的，就是一直不好，坏人是他们用来划分自己的标杆，只要把坏人划在了这边，他们就自动站到了好的那边。

色徐把扇子放在抽屉里，依然配合着所有人克制地表演，每天路上遇见学生还是会和他打招呼：老师好。然后一个意味深长的笑容挂在学生的脸上，眼睛里写满了轻蔑。

色徐不敢直视他们，点头示意，然后走开，他没理由去问，也没勇气一探究竟。有时他会留意一些失魂落魄的弱者，那些绝望的学生，不被人理解的学生，会被他趁虚而入，他们互相倾诉自己的痛苦、故事，彼此的宿命交织在一起，各有各的不幸，虽然没法感同身受，却能互相体谅。他明白，课堂，书本，成绩都不会让那些孩子快乐，他们需要的，是真正的理解。

日复一日的落败和绝望，让他有了敏锐的嗅觉，只要在这些学生崩溃的边缘拉上一把，他就可以成为这些孩子的救命稻草，可以马上转变自己的身份，成为另一个人，不是色徐，不是人面兽心，而是一个真正理解他们、懂得他们的人，一个全新的，可以从头开始的人。

在别人眼里，色徐是一次又一次地犯险，只有他自己把这当成是一次又一次的救赎。

色徐低着头，终日在躲避目光的逃亡中寻找自己的猎物。忽然有一天，他在走廊里看见一群学生围着一个女孩玩游戏，没人在意他的路过。大家蒙上了这个女孩的眼睛，让她根据每个人身上不同的气味来辨认身份，女孩猜得还算准，五对三的准确率。这就是那个不认人的孩子吧，色徐留意了一会儿，走廊里冲出一群男生跑来跑去，色徐加快脚步离开了。

有两次色徐带着女学生去艺术楼约会，结束后分道扬镳的时候遇见了这个女孩，她也像其他学生一样，跟他说老师好，但是没有意味深长的目光，更没有嘴角的一丝诡笑，只是尊敬又寻常的一句老师好，然后乖乖走向声乐教室。

色徐有点触动，但他还是没在意，一个不经意间的举动又能算得了什么呢？麻木让他早已放弃，在漫长的失望里，可怕的不是重复，而是重新燃起希望后再次破灭，所以他宁可继续失望，也不敢斗胆转身。

色徐最近一次遇见许桥，也是在艺术楼里。他沿着从教室传出的歌声一路追寻，然后轻轻推开教室的门，许桥回头，朝着老师笑了笑，然后微微鞠躬说：老师好。

色徐点点头，心里想果真是你，奇怪了，你真不认识我？还是我连被你嘲笑的资格都没有呢？

“老师，我先给您唱一遍昨天的歌吧。”

接着歌声充满整个教室，优美婉转，绕梁许久，一阵风吹开窗户，叶子落进教室，色徐还站在门口不敢进去。等到整首歌结束，许桥回过头看门口，色徐已经走了，空荡荡的门口，一点来过人的痕迹都没有。色徐飞快地跑离了艺术楼，他一边跑，一边幸福，也一边害怕。色徐吓了一跳，自己居然开始害怕了。

还是不甘心啊，还是忘不了这种感觉，被人发自内心地尊敬，当成一个人的感觉。色徐一直跑回办公室，找出自己的扇子，然后撕碎了扇面，从楼上把碎纸倒了下去。

像故事的灰烬落下来，色徐忽然觉得无比放松。鸽子划过天空，歌声还在耳边，他双手紧紧捂住嘴，蹲在地上发出沉闷又撕心裂肺的吼叫，一次又一次。

02

校长在升旗仪式上说：“同学们，今年有一件改变你们一生的事，你们知道是什么吗？”

底下有学生小声回答：“拆迁？”引起一阵微弱又克制的笑声，不足以让主席台察觉。

老张在课堂上说：“无论你们怎么憎恶高考，我都想以一个过来人的身份告诉你们，这是你人生中少有的，靠自己和别人公平竞争的机会。”

公平两个字，被老张特意强调出来。我想着什么是公平呢，许多人生下来就是残缺的，无论家庭还是身体，从一开始上天压在他们身上的筹码就不同。有的人天生一手好牌，即使不花什么心思也可以很体面地收尾，这种人不同于他，也不同于许桥，他们只能小心翼翼地相互依附，成为彼此的退路。

刚开始许桥和我说，有一天声乐老师在操场上截住了她，要在每周五下午三点都加一堂课。我也没多想，高考让一切多出的负担变得顺理成章，我想着许桥能去更好的学校，有更好的开始。于是我也开始留意北京的大学，要么是高高在上的大牌名校，要么是学费昂贵的贵族私立，我掏出书本向高远请教，也不知道从现在开始复习，还来不来得及。

可是每周五的声乐课，都比以往的课要长。我问许桥，周五老师都给你讲点什么啊，许桥说什么都不讲，就让她唱，然后听老师讲自己年轻时候的故事，感觉每到周五，老师就像变了一个人。我觉得这事还挺奇怪的，怎么样的一个老师啊，到了周五话就多。

有时候许桥上声乐课，我就在艺术楼门口等着她放学，直到暮色四合，歌声戛然而止，许桥就会从艺术楼里小跑出来，溜到我身边笑，然后我们俩再一起去食堂吃晚饭。

这是我一天中最快乐的时光，即使高三以后我再也没有时间做饭，也不妨碍我收获这种快乐。后来我明白，真正让我快乐的，不是一起吃饭的这半个小时，而是我在艺术楼门口等许桥的这段时间，原来等待快乐到来时才是真正快乐的。

忽然之间，大家都变得很忙，只有猴子终日无所事事，好像即将到来的一切都与他无关。被剧透一般的无聊感，让他对所有事情都提不起兴趣。

有时他会陪我一起等许桥，在艺术楼外面一个窗口一个窗口地翻看，找找里面有没有熟悉的面孔，做了哪些偷鸡摸狗的事。如果撞上了情侣，他就突然猛敲窗户，吓得里面的人慌忙逃窜，然后他躲在窗根底下捂着肚子坏笑。

有一次他用力过猛，敲碎了一个玻璃，手划破了，流了一地的血。我扶着他飞速地奔往校医室，偶然间回头的时候，发现声乐教室的歌声也停止了，许桥微微探出头来看着我们，身后还站着一个男人，是那个喜欢唠叨的声乐老师吗？好像很眼熟，但是灯光太弱，我什么都没看清。

那个老师向外看了一眼又躲开了，我扭过头去，带着一直在喊疼的猴子离开。

等到第一场雪落下来的时候，猴子刚把手上的绷带解开。血痂钻心地发痒，室外气温骤降，他不敢把手拿出来，缩在袖口里，和我一起蹲在艺术楼外。

初冬的夜晚来得很快，谁都看不见黑暗的角落里，蹲着冻得瑟瑟发抖的两个人，打着牙战，还互相对着傻笑，也不知道在笑什么。

楼里的歌声忽然停止了，但是灯却没有灭，我望着亮光的窗户等了一会儿，许桥也还是没出来。等待的快乐消失了，变成担忧自下而上开始蔓延，比寒冷更让我不安。

过了很久，许桥也没有出来，我迈着僵硬的步伐走进艺术楼，猴子跟在我后面。我们蹑手蹑脚地在走廊里潜行，不打扰任何一扇窗户，不听门的遭遇，径直走向声乐教室。

到了门口灯还亮着，我慢慢挪到后门边上，偷偷贴着方块大小的窗口往里看。一个男人背对着我，抱着许桥，不停地讲着什么，像是祈求，又像是控诉。

许桥不停地挣扎，但是她根本推不开那个人。我一脚踹开了门，猴子紧跟在我后面。听见身后的动静，那个男人瞬间放开了许桥，回头惊恐地看着我。

当他转过来的时候，我也吓了一跳，色徐穿着和声乐老师差不多的衣服，戴着几乎一模一样的眼镜，甚至连发型也别无二致，站在那，用他从未有过的慌张和恐惧不停地解释："我没有别的意思，我只是喜欢和她在一起，听她唱歌。"

我根本没听他解释，而是直直地看着许桥问："他就是你周五的声乐老师？"

几乎是断断续续问出来的每个字，颤抖着组合在一起。许桥还不清楚是什么情况，只能慌忙地点头，然后又觉得有什么不对，无奈地摇头。

猴子把许桥拉到门外，重新进来，将门反锁。我巡视着这个房间，目光所及，只有一把椅子，我想着许桥加课一个多月以来，房间有什么具体的变化，这里到底发生过什么。

好像脑袋里刚发生一场核爆，一片狼藉无从收拾。耳边一阵阵轰鸣，眼前也开始出现幻觉，我看见色徐打扮成声乐老师的样子，在操场上拦住许桥说："周五加一节课。"

我还看见校长站在讲台上说："改变你们一生的事，就要来了。"老张站在讲台上说："这是你们唯一一次公平竞争的机会。"

我想问公平在哪呢？

我又看见老张指着校门口打更的老白说："他在咱们学校门口遇见了当年冤枉过他的老师，提起当初的事，老白还是哭得像个快六十岁的孩子，你能想象吗？十几岁发生的事，一直影响他到今天。如果没有那件事，他现在又该在哪呢？"

是啊，如果没有那件事，那他现在又该在哪呢？如果没有我，爷爷会在哪呢？妈妈又在哪呢？将来许桥又会去哪呢？我更想问问眼前的这个人，你知道你做的这一切，会把许桥推向哪吗？

我的眼泪夺眶而出，几乎是爆发出来的愤怒和无助占领了我，我习惯性地摸了摸左手受过伤的地方，然后拿起身边的椅子就冲了过去。

色徐像是迎合性地被我打翻在地，嘴角不断地吐出血来，但他居然笑着。他越笑，我就越愤怒，打得就越狠，色徐反而越开心，好像他的所作所为，都是为了挨这一次揍。

我一边打，一边回想着刚才他对许桥的所作所为，好像有一句没听清的话忽然在我脑海里清晰起来，在我还没有冲进门的时候，我看见色徐把着许桥的肩膀说："我不想这么活着了，但我有责任，又必须活着，我感觉自己就在坐牢，活着就是坐牢。"

活着就是坐牢，在遇见许桥之前，我也是这样吧。

我继续挥舞着板凳，有血溅到了我的脸上。我想起爷爷离开时的那段日子，想起初中和高一的每一天，好像都是这样活的，那时我打架、放纵，好像挥出去的每一拳，也是为了换回一些拳头打在自己身上。

[十三]… 造人

01

刚到派出所的时候，警察问我多大，有身份证没有，我摇摇头，什么都没说。我怕了，不知道该说什么，感觉自己随时都能哭出来。

警察联系了学校，我到十八了，先给我办了身份证，我拿着自己的身份证，照片上我衣冠不整，狼狈极了。还得等十年才能换，我当时不知道照相是为了办身份证，早知道起码得洗把脸，我以为是蹲号子照资料，所以没在意，后来知道了。在这好多事都是不通知的，没人会像在学校一样，事事给你理由和答案。

接着有个年轻的小警察带我去医院体检，看上去他没比我大几岁，枣形脸，微胖身材，下巴颏上刚冒出一点胡茬。他领着我抽血化验心电图一项项过，我还穿着校服，小警察谋私没给我上手铐。体检结果很快就出来了，我身体挺好，没毛病，走出医院，我们就直接去了看守所。

国道高速边上圈起来一块地方，前不着村后不着店，大铁门拉开就是正楼。绕过去往里走，进去的时候刚好是下午，太阳最大的时候，但也只能照到围墙中间，剩下的一半墙埋在影子里。

停车进楼办手续，时间会很长，小警察先带着我去了趟厕所，二楼的最里面，先要经过两个休息室，还有一个大的监控室，才是厕所。

我进去站在坑前，什么感觉都没有。我想挤点出来，努力了半天还是没有，穿上裤子往回走，小警察领着我，带着熟练的叹气声。

小警察好像看出我的怕，就边走边和我说看守所也是新搬到这边的，设计的时候预计能关押六百人，环境算挺好的。我想着就能关六百个坏人还算大吗，我们学校能关好几千人。

想到这，我才回过神来，刚才的一切不是幻觉。我这是进来了，以后的人生都可能有污点，说不定都没有人生了。

我越想越怕，想我爷，想许桥，还有点惦记猴子，他也进来了吗？会和自己关在一起吗？我皱着眉，呼吸困难，觉得自己对不起爷爷，对不起太多人。

小警察回头看着我表情越来越难受，他走过来拍着我说没事，进来待一段时间就出去了。他的话像是安慰，又不像，我语无伦次地问他我要待多久啊，我是犯罪了吗？

小警察摘下帽子捋了捋头发说：“哪儿你就犯罪了？现在是羁押你，这儿又不是监狱，这是看守所，来这的人没一个待长的，别自己吓唬自己，过段时间没事就出去了。”

这是我第一次知道，原来监狱和看守所是两个地方，不是叫法不同。

交完东西买了洗漱用品后，我还剩八十块钱，小警察给填了一百二，换了张两百块钱的购物券，原来在里面还得买东西，到哪都离不开钱，我觉得自己又对不起一个人，那就是小警察。

换上灰色的监服，套上看守所的马甲。走到楼门口，小警察没进去，把我交给了一个姓崔的中年警察，交代了这是崔管教，以后有什么事听崔管教的，我朝着崔管教微微躬身，他点了点头。崔管教看上去很瘦，脸上全是皱纹，面颊凹陷，眼睛却很有神，他没有那些语重心长和唉声叹气，只是领着我往里走，像一个耐心的家长。

每个监舍都是一张大通铺，类似于炕，上面躺着十几个人不等。往里走的时候我不敢抬头，用余光偷瞄，有人在铺上和崔管教打招呼，崔干部来啦？也有人窃窃私语说，收新鬼了。

是在说我吗？原来刚到这的叫新鬼，来这的都是鬼。

崔管教把我领到了306监舍，告诉我早点休息，明天还得干活呢，没等我回话，他就走了。我想象了电影里的剧情，刚进来的新人都要挨打，或者举着脸盆在墙角蹲一晚上，这是里面的规矩。但是这些都没有发生，铺上躺着七八个人，有一个始终不睡，像是值班的，有几个人抬起头来看了我一眼，又把头埋下去，挪出通铺最边上的一个位置，我知道，那是给我的。

那一整晚我都没合眼，没法骗自己这就是个梦，我反倒希望铺上能起来几个人打我一顿，浑浑噩噩太难受了。我想许桥，想老张和猴子，学校真是个好地方啊。

一切就像做梦，我想着要是一觉醒来发现自己还在教室就好了，旁边坐着哼唱山歌的许桥，后面是呼呼大睡的猴子。想到这，我蒙上被子哭了起来，不知道是谁的手隔着被子拍了拍我，好像是安慰，又好像打扰到他了，我想拼命忍着，却哭得更厉害了。

02

第二天早上七点居然响铃了，就和学校上下课的铃声一样。我一个激灵睁开眼睛，三面白墙挤着一面铁栏杆，铺上的人陆陆续续起来叠被，没人理我，就像我不存在一样。

第一天干活是做鞋底，管教把我们拉到一个大仓库里，机器嗡嗡作响，窗口玻璃都碎了，有奇怪的气味，方形的金属桌上有布和线，角落里堆了些碎棉花。我不会做，崔管教让同监舍的齐大楠教我。齐大楠人如其名，人高马大，挺着一个肚腩。新手做得慢，任务量也小，但我学得快，几下就会了，没过一会就和齐大楠差不多速度了。旁边的人打趣："大楠，新徒弟出师快啊。"

说话的人叫田波，但是没人喊他大名，都叫他小三子，又瘦又小，谁逮着他都得欺负一下。他是监舍的第三位成员，看样子像二十几岁的愣头青，老大老二已经出去了，他成了这的元老。大楠也是刚进来没多久，他样子显得成熟些，发际线明显后移，接近中年的感觉，看着特别粗犷的一人，做起事来却非常仔细，也很沉默。

话茬大楠没接，一个鞋底飞到小三脸上，小三顺着方向望过去，刚想骂娘，发现走过来的是何佩隆，小三的怒火一下就灭了。他消消停停地捡起掉在地上的鞋底，换上一种埋怨的语气，似骂非骂地说打得他都疼了。

一上午干活的工夫，我把这些人都认全了，除了大楠、小三，何佩隆算是他们监舍里通俗意义上的“铺头”，身体强壮，面相凶恶，剑眉虎目，一般没人敢惹他。他也不欺负别人，就是没事爱欺负小三，就因为小三话多。

何佩隆有时候会偷懒，让别人帮他做点，然后自己在人群中间晃悠一会。他溜达到我前面，捡起几个鞋底往旁边摞起来，偷瞄着崔管教的方向，小声问我：“因为什么进来的啊？”

我说：“一时冲动打伤了人。”

“来这的都是一时冲动。”

说完何佩隆指着大楠说：“他是一时冲动酒驾。”

又指着小三说：“他是一时冲动嫖娼。”

接着指回自己：“我是一时冲动打了城管。”

然后周围人都附和着说，我们都是一时冲动，我们平时都好着呢。一阵哄笑，崔管教在离着很远的地方喊了几声，这边又安静下来。

晚上开饭的时候，大家收好东西陆续往外走，大楠和小三就站在我旁边等着我收拾东西。何佩隆路过的时候想揪住小三往外走，看见他们都在等我，于是也停下来一起等。我们四个围起来就像监舍的四壁，三个面无表情的白墙，一面全是间隔铁栏杆。

晚饭后我去了一趟超市，想买点东西给大伙，进到里面发现香烟一百一包，连方便面都三十块一盒，自己这点钱买不了什么。

回去的时候刚好赶上所内集中教育学习，但大家都是走走样子，让管教们过得去，完事后排队洗漱上厕所。监舍里就一个坑，谁抢到谁就先来，有时候何佩隆会霸道一点，有时候也不，看他心情。每天大伙最有意思的事是熄灯前，听小三讲他去嫖娼的那些故事，所有人围成一团，躺着的，坐着的，还有离得很远，但是耳朵也朝着这边的，只有我和大楠没过去。

何佩隆是小三嫖娼系列故事的忠实粉丝，每晚他都围坐在离小三最近的位置。有时候白天干活累，小三就不想讲了，但是何佩隆精力旺盛，他逼着小三讲，要是不从，就追着小三打。讲到后来大家都听不出来哪些是编的，哪些是真的，但是没人在意，毕竟这是唯一的乐趣。

小三讲故事，不会一上来直接就讲床上那点翻来覆去的事，他会先有个铺垫，讲讲去嫖之前的一些准备和心情，跟前戏似的。何佩隆没什么耐性，让他直接讲重点，小三一脸不屑地讽刺他没有情趣，何佩隆伸手要打，小三往后躲着说："嫖娼最有意思的时候，不是在床上，而是在路上，因为你不知道你今天会叫到一个什么样的姑娘，高的矮的，苗条的还是丰满的。那感觉就像发工资的前一天，或者星期五晚上。"

何佩隆把手收回来，好像明白了点，我听着声音也望过去。

小三接着说，他是后来才总结出这个道理的，想起自己第一次去的时候，心里激动，还有点害怕，样子特别丢人。起初是工地头头带他去的，那会儿不说嫖娼，暗号叫“春游”。

他们去的是一个洗浴会所，前台还养了一只泰迪，进去的时候先换鞋，那天人挺多的，好像一到周末这里就人满为患。排队换鞋的时候泰迪狗跑了过来，一眼就盯上了小三，站起来抱住小三的腿不停地蹭，大伙围着小三笑，别提多尴尬了。他恨不得找个地方钻进去，本来是来嫖娼的，结果被嫖了。

换完鞋就是进去洗澡，把身上冲得干干净净，往休息区走。有一个大的防盗门，看见客人来了服务生拧开门，露出粉紫色的光，工头领着小三进去，像是跨到了另一个世界。灯光昏暗，周围人的脸都看不清，大幕拉开，玻璃里面站着十几个女孩，脸上的妆跟刮大白似的，粉色灯光照下来，里面的所有人，看上去都像同一个人。

何佩隆问：“你当时激动吗？”

小三说：“没有，我当时看着那些姑娘，心里想她们有多恶心我们，我还挺难受的。”

03

工头让小三选一个，小三有点害羞，看着里面的人都差不多，随便选了一个边上的。姑娘在里面鞠躬，然后出来搀着他上楼。

小三说一楼暗的时候，什么也看不清，进到楼上里屋开灯的那一刻，他精子都吓凉了，姑娘的身体和脸不是一个颜色，睫毛和他头发一样长。那天小三很快就完事了，姑娘趴在他身上说我身上都是你的味道，挺撩人的一句话，但是小三没等姑娘和他进一步谈心，就穿起裤子跑到一楼洗浴泡澡了。那天回去的路上，工头笑了他很久。

事后工友们都拿这事打趣他，小三也觉得自己特丢人，一个老爷们，玩都玩不明白，还能干点啥呢。他想着自己从小就什么都干不明白，明明是家里最小的孩子，却不得宠，爸妈挣钱给哥哥盖房子娶媳妇，轮到自己却不管了，要他自己想办法。小三觉得不公平，一气之下离家出走，以为走了几天会有人找他，结果家里连个问他的人都没有，他觉得自己真没用，特别没用。

没过多久，他们又去春游了。据说那天是个好日子，会所叫选妃活动，姑娘们没有请假或者休息的，同一个时间亮相，谁先看上直接就领走。没有先来后到，就像超市打折抢购一样，工头带着小三和几个工友都去凑热闹。

到了才知道，顾客也没比周末人多，姑娘倒是多了一点，工头和工友们纷纷下手，他们找的类型都差不多，身材高挑，一头长发。工头问小三，你怎么不挑啊，这么多高个美女，你看上哪个了？

“我不喜欢高的。”

“为啥？”

“腿长腚高够不着。”

工头哈哈大笑起来，被旁边的姑娘搀扶着上楼。身边的人簇拥在玻璃前，他忽然觉得玻璃外面的人倒像是被圈养起来的金鱼，贴着玻璃贪婪地吸溜口水。

就在外面顾客越来越少的时候，小三看见玻璃最左边有个女孩，留着短发，穿着背带裤，和其他姑娘的裹臀裙、真丝内衣，对比很明显。

没有人对她感兴趣，她也不着急，一边嚼口香糖一边四处看，最后她看到了小三，两个人对望了一会，小三绕开玻璃前的金鱼，对着姑娘的目光走过去。

那天，他点了穿背带裤的短发姑娘，好像都是新手，都想照顾对方的感受，尴尬了很长时间，脱衣服的时候还差点撞在一起。躺在床上什么姿势都不合适，脸对着脸都躲闪着对方的目光。

后来小三选择后入，从后背看短发姑娘，和男孩子没有差异，他忽然有些错觉，好像面前的就是个男人，兴趣骤减，做着做着就软了，没法再继续。小三从姑娘身体里出来，坐在床边哽咽起来，怎么玩都玩不好呢，自己怎么什么都不行呢。

短发姑娘看着小三哭了，过来坐在小三旁边轻轻地拍他后背，两个人就这么光着身子，坐了一个小时，到钟的时候两个人穿衣服，姑娘的内衣老是扣不上。

小三说："我帮你带上吧。"

姑娘回头看着他说："你是第一个这么帮我的。"

穿好衣服后小三和姑娘拥抱了一会儿。后来小三又去了许多会所，点了许多不同的姑娘，但他光顾最多的，就是短发背带裤。他们越来越熟悉，完事了还彼此谈心。姑娘是农村来的，出来打工时学的是按摩的手艺，刚开始特别苦，挣得不多，手上还没劲，有些常年按摩的中年男人力气轻了他们根本没感觉。没办法，每天晚上背带裤做一百个俯卧撑，练习手劲，早上起来胳膊都抬不起来，却还要上工，中午吃饭筷子都拿不稳，一直在抖，有时候按着按着自己就睡着了，被经理骂，偶尔还会被客人揩油。

日子太难过了，挣不到钱，辛苦，还被欺负。有同事跳槽出来当了小姐，她也跟着下海了，赚到了一些钱，比原先过得好一点了，她也就没考虑别的。以前的同事说其实都一样，都是当"技师"，但是她却强调着说不一样，比按摩技师好多了，以前只做按摩更累，更惨，但现在她能赚很多钱，还不用那么辛苦。她总是把这件事往好的方面想，可是她又不会告诉更多的人，她是干这个的，矛盾的心理让她自己也弄不清怎么回事。她做了这个既觉得没什么，又觉得有什么。

何佩隆忽然打断小三说："后来呢，你们成了朋友吗？"

"没有，妓女不会和嫖客做朋友。"

"为什么？"

"因为她们不想免费被玩。"

何佩隆没说话，他们静了一小会儿。小三忽然又说，其实我确实拿她当朋友来着，我什么都做不好，但我觉得她不嫌弃我。

有一天小三照常来照顾背带裤的生意，警察忽然来查房，屋里的人都忙着穿衣服，往外跑，有几个没穿衣服就从窗户跳出去了。小三在一楼，刚穿好裤子就从窗户翻了出去，一个警察正好踹门进来，背带裤刚跳上窗户就被警察从后面拽了下去，重重摔在地上。小三跑出没多远，又折返回来，跳进窗户就和警察扭打在一起，警察把他压在下面，他仍然奋力地拽住警察，告诉背带裤快走。

背带裤一边哭着，一边跳出窗户跑掉了。小三被按住后挨了一顿揍，然后就被带上警车，直接送到了看守所。

听故事的人起哄说，英雄救美啊。

小三苦笑说："我不是英雄，她也不是美，我就感觉她被警察拽下去的时候，觉得自己快要完了。本来她可以先跑的，但她让我先走，我什么事都做不好，又连累了她，所以我必须回去把她拽出来，我没想着救谁，就是拉自己一把。”

讲到这的时候，监舍就熄灯了，一片黑暗里大家先是静了一会儿，没有人说话，然后各自摸索到自己的位置躺下来。安静了很长时间也没有听见鼾声。

我蒙上被子，脑海里出现了很多人，爷爷、猴子、许桥。我反复想小三说的话，好像爷爷也是一样，其实他知道自己找不到奶奶了，他就是想救救他自己。

我也是一样，我也谁都拯救不了，我也只是想拉自己一把。

04

快一个月过去了，这里每天都重复相同的日子，唯一更换的就是手上的工作。除了做鞋底，我们还会去编凉席，装扑克牌盒，或者砸石头。

老张来过一次，给我送了点换洗的衣服，说我爸打算申请取保，正在外面忙着活动关系呢。我问老张许桥的情况，老张没告诉我，就说外面一切都好，别多想，过两天出来了，就什么都知道了。

见完老张回来，刚好有一个监友要出去了，大家起来送行。崔管教来领人，站在门口苦口婆心地教育着，好像还带着外地口音，说话时候总是咬不准字，拍着那人说："出去以后，好好造人。"

小三学了几遍崔管教的口音，好好造人，大家在监舍里笑，崔管教做了个生气的表情，领人走了，留下来的笑声很快也就散了。

市里修高速路缺人手，需要从所里借调。一大早由武警押着，我们坐满了一列绿皮火车，拉到吉黑两省交界的地方，我们运水泥、石头，把大的石块砸成小的，非常辛苦。

晚上又坐绿皮火车回来，吃完晚饭连讲故事的活动都取消了，大家太累了，回到铺上直接睡着了。我有时候觉得这样也挺好，让自己没时间想别的。

再去公路上，我就往死里干活，不知道休息。有几次崔管教在旁边劝我歇一会儿，我还不听，魔障了一样机械地重复工作。

中途我们放了几天假，猴子来探望过我一次。靠着家里的背景，他没什么事，只是被父亲在家禁足了半个月。

猴子告诉我，色徐被学校停职了，之前他没对许桥做过什么，那天只是突然冲动想抱抱许桥，正好被我们撞见了。事情发生后许桥就被父母接回了家，没过几天，许桥父亲就给她办了转学手续，许桥就要离开学校去北京了，好像要在北京参加声乐考试，可能不会回来了。

我拜托猴子一定要联系上许桥，告诉她我一定会去北京找她。探监时间很快就到了，看守员喊我回去，猴子说一定会帮我转达到，他话语坚定，但我毫无信心。

隔了一天，我们又去外地的高速上工作，我依旧玩命地干活，不惜体力。刚坐上晚上回来的火车，我就睡着了，梦里我好像醒过一次，旁边坐着许桥，她侧过来看我，轻轻地开始哼唱。对面猴子看着窗外若有所思，高远和项童窃窃私语，我好像一下就不紧张了，他们都在我身边呢。

这时候老张进来，大家站起来喊老师好，老张没说几句话又下课了，火车停下来，所有人起身拥抱，像毕业一样。大家都哭了，不停地说着什么，我惶恐地看着许桥，她只是对我笑，然后所有人都下车了，朝着不同的方向离开。

前一秒许桥还坐在我旁边，一转眼她已经在站台上了。火车缓缓启动，铁轨的撞击声震耳欲聋，现在下车来不及了，我一下就醒了，吓出一身汗，火车停靠在离长春很近的一个小站。窗外许多武警荷枪实弹地押送一些重刑犯，好像要转到别的监狱，来搭顺风车。他们上来，我起立报告，说要上厕所，崔管教发现我有点不对劲，但还是让我去了。

绿皮火车速度本身就不快，加上出站和进站都要减速，即使意外跌落也不会受伤。厕所的窗户很小，只能微微探出头看看外面的情况，人是跳不出去的。我用力往外看，发现有人死死地趴在火车顶上，像动作片里的镜头，我感觉自己是不是看错了，火车顶的人也向我这边看，嘴里不停地说着什么，好像是让我回去，脑袋也向里面不停地摆动，我好像听见那个人说话了，快回去，别到这来，别多想了，你出不去的，回去吧。

我忽然想起爷爷，他总是要坐火车离开长春去找奶奶，他也是这样趴在火车上面吗？上面的那个人真像爷爷啊。我缩回来跌跌撞撞地走出厕所，摔倒在车厢交接的地方，我知道趴在火车上的是押送犯人的武警，我一点机会都没有了。

这时候崔管教走了过来，点了一根烟，在我身边坐了下来，开始他没说话，烟抽了一半，他忽然开口说："一开始我不在看守所上班，刚工作那会儿，我是法警，执行枪决的那种。一般都是罪大恶极的人，法院判了你死刑，执行枪决，虽然之前已经打过死刑针，拖到刑场的时候已经是脑死亡了，但还是要行刑，因为判的是枪决。"

我探头看他，他继续说："行刑的一共是三个法警，每个人手里一杆长枪，但是只有一杆枪里是真子弹，其余两杆是空炮弹，一起开枪，三枪齐鸣，谁也不知道真子弹到底是从谁的枪口飞出来，谁也不知道前面躺下的那具尸体，是谁打死的。算是一种保护法警的方式吧，让法警都觉得不是自己开的枪。但其实心知肚明，无论子弹是不是从自己枪口打出去的，都接受不了一个活蹦乱跳的人，鲜血淋漓地倒在你面前。这种侥幸的自我安慰一点也不管用，每次枪响，都感觉自己死了一点。你的事我听你老师说了，我跟你说这些就是想告诉你，年轻的时候都靠着心里的那份侥幸，觉得自己是主角儿，一定是例外，但是现实就是没有人是例外，谁离开了，谁留下，不是谁能决定的。你也知道，你今天出不去，就算逃出去了，你也见不到她，别想了，你愿意穿着这身衣服见她吗？”

我听完崔管教的话，火车正好驶入长春站，停靠在站内，车顶上的人跳下来，头也不回地走了，我觉得那个背影像我爷爷，恍惚间又有点像许桥。我站起来，脸使劲贴着玻璃，能多看一眼就多看一眼，然后眼泪贴着玻璃缓缓流下来，我瑟瑟发抖地哭出声来。又走了一个人，我心尖上的人。

崔管教把烟头熄灭，拍了拍警帽上的灰说：“这人啊，和烟一样，你看着挺长，使劲嘬两口就没了。”

05

半个月后的下午，所有人在操场上自由活动，围着篮球场坐一圈人，打球的人少，聊天的人多。所里不知道谁弄来一只山羊，在操场里来回跑，上蹿下跳，有时还能站在矮点的围墙上面。前几天小三拿吃剩的香蕉皮去喂山羊，把羊喂拉稀了，大楠这会儿从操场边上拔了些新草，来给羊重新调理一下。

我坐在篮球场边上看大楠喂羊。崔管教从楼里出来，好像要去哪，看见了我，又朝着我的方向走过来，他在我身边坐下，顺着我的目光看过去，告诉我，大楠原来是个小工厂的老板，抓到老婆和哥们在自己家里乱搞，就出门喝酒开车想把自己撞死。其实他不用到这来的，他是个明白人，醉过那一次，什么事都比以前更清楚了。

然后崔管教又指着何佩隆说，他原来是个出租车司机，有一天在路边等活，看见一群城管追一个卖烤肠的老头，追上去以后就把老头摊子给掀了，然后一把抓住老头的推车，使劲踩掉在地上的烤肠。老头哭了，是心疼地上的肠，又赔着笑，是怕城管再把他车收走。

何佩隆第一次看见那样的表情，一个老人，六十多了，站在那笑着哭，他当时就收不住了，下去就和城管打了起来。他是个性情中人，这事没有对错，也谈不上应该不应该，他只凭直觉做事，对于他来说，进来一次是好事，以后出去干什么能有个分寸。

崔管教说，来这不是好事，但人这一辈子，不能总想好事，别管污点不污点，以后心里能存个事，干什么多考虑点，就行了。

我点点头，靠着篮球架子站起来，去操场边上拔了些草，回来和大楠一起喂羊。铁栏外面有人喊我的名字，告诉我回去收拾东西，准备出去。

大楠拍了拍我的肩膀，何佩隆满操场追着小三打，好像小三又没给他讲故事。小三一边跑，一边对着我喊："让秋啊，出去以后，好好造人。"

声音在操场上徘徊许久，我抬头，看见太阳照到高墙上，就好像看见了自己的人生，一半是阳光一半是阴影，和我进来时一模一样。

[十四] … 老灵魂

01

我想回附中看看，但又羞于回去，有两次走到门口，看见有人出来我又跑开了，我想跳墙进去，怕被人抓住更难堪。我已经被开除了，不再是这里的学生了，阳台上晾着的校服格外刺眼，我甚至不敢联系自己的同学，怕他们用怜悯或其他的眼光看我。

猴子被父亲送到外地当兵去了，其他人也没什么消息，这个世界又剩我自己了。

回家的第一顿饭是我爸做的，味道很好，我转念一想，我爷爷手艺那么好，我爸能差么？只是没给我做过罢了。这顿饭吃得太尴尬，我第一次觉得筷子碰着碗的声音那么好听。

我们相处得很平静，和往常一样，就像什么都没发生过。我偷偷回附中他也知道，但他装不知道，也没有说自己白白花钱把我送进好学校这样的话，我挺感激他的沉默。

许多时候我就坐在附中门口，听学校里传出来的各种声音。一直到傍晚，学校铃声响起，大家出来吃晚饭，我才离开，走到自由大路上，再躲进南湖公园，在湖边的长椅上坐下来，像个老人一样沮丧很久。

就这样我混了小半年，同学们都已经上了大学或者复读，我还是躲在家里，看电视，每天骑着自行车到处乱逛，包裹得很严实，偷偷溜到许桥家附近散步。

我以为等我熬到寒假的那个春节，或许一些人就会回来，我可能还会遇见他们，还会拥有他们，但是我又错了，我谁也没遇见。没有遇见许桥，猴子在部队也没有假，听说项童去了国外，爷们一点消息都没有，我在这个城市里又像一个被遗弃的人，面对着熟悉的街道和回忆，那些快乐一点点啃噬着我，好像要把我仅有的、值得回忆的幸福也变成痛苦，不让我想起。

开春后，我还去过一个健身馆打工，每天在前台卖卖水，办办卡。有时候所有人都下班了，我也在里面锻炼一会儿，累到筋疲力尽就回家，一头栽倒在床上，一无所知地睡去，再一无所知地醒来。

有一天我在前台听见两个人讨论北京，其中一个好像是刚从那回来，他用了“逃”这个字。我一边给客户找零，一边想象着那个城市，车水马龙，灯火迷离，然后许桥坐在公交车里，路过西单、王府井，霓虹灯在她脸上流转，她孤身一人，面无表情。

想到这，我望着窗外，冬天彻底过去了。那天回家的路上，我突然决定，要去北京看看，我想找到许桥，看看她过得怎么样。

别人是逃离北京，回到家乡。我是从家逃走，仿佛一切都能重新开始。

那天晚上，我和我爸说了去北京的事，他没同意。他希望我能和他一样，学个手艺，然后安分过日子。

照着他的模样再活一次，我肯定不愿意。但我没和他这样说，我不能一开始就走他的回头路，以前我无论干什么，他都不会管，他只有在喝醉的时候才会和我有交流。

上一次我们认真谈话是什么时候呢？我已经想不起来了，只记得爷爷还健在的时候，有一天我爸喝多了回家，趴在我的床前，摸着我的头说：“哎哟，我儿子啊，我儿子都这么大了。”

我有点害怕，下意识地往后退，爷爷还以为我爸良心发现开始关心我了，就把我俩关在卧室里，让我俩独处。

结果我爸笑着和我说："要是没你该多好，要是没你，说不定你妈也不会走。"

他笑得那么开心，好像是在讲一个笑话，好像我也该跟着笑一样。

我还是笑了，跟着我爸一起笑，虽然他也不知道笑什么。后来他紧紧抱着我，把我的衣领都哭透了。

我拿着在健身房打工攒下的一点钱，偷偷买了去北京的卧铺。火车站每个老人都像我的爷爷奶奶，我感觉自己就是在重复我爷爷或者我爸的命运，一边失去一边寻找，到头来发生的一切都像一场梦。

半夜在卧铺上醒来，换个姿势躺着，对面的下铺躺着两个人，像是一起出门打工的父子。老人在打呼，年轻人睡得很轻，两个人显得特别挤，却像是在做同一个梦。

我坐起来，磕到了上铺的床底，上面的人翻个了身继续打鼾，各种颜色的光进到车厢里，走了一圈又出去。我忽然想起许桥，北京那么大，她又在哪呢？她有没有想过我？她还在北京吗？

火车越往前走，天就越亮，好像穿越了整个黑夜。在天光到来前，所有美好都已离开，白茫茫的大雾悄悄落下。

刚到北京时，我住在望京边上一个小区的大型地下室内，迷宫一样的结构，我的房间在最里面，只有一张床和一个灯泡，没有多余的家具。厕所是公用的，走出房间拐四五个弯才能到，有时起夜上厕所容易走丢，我就弄了一根长绳拴在脚上，解完手就顺着绳子摸回来。

有一晚我睡觉忘记关灯，半夜灯泡忽然爆了，碎玻璃散了一床，有一些落在了我身上。我不敢起身，身体周围全是玻璃碴，我不敢乱动，怕动弹身体会被玻璃划伤，只能慢慢地把身上的玻璃划掉，然后眼睁睁地望着黑暗，想着过一会儿天亮了是不是就能起来了，后来又反应过来，这是地下室，根本没有太阳。

我凭感觉摸索着手机的位置，然后打开照明灯，一束光照到天花板上，灯泡的吊线空荡荡地垂着。我觉得整个世界就这点孤单，全在我这儿了。

忘了过去了有多久，手机也快没电了，我只能坐起来蹭着下床，不敢往前挪，却又必须动。我想着或许这就是现实吧，多疼多难，都得往前。我忍着划伤的疼痛，在碎玻璃中站了起来。

02

每次我走上天桥，都会在上面停留一会儿，看着来来往往的车辆，感叹北京真大啊，大到你明知道另一个人和你在同一个城市，却怎么也见不到她。

以前我能堵在许桥家楼下或者学校门口，故意制造相遇。现在不行了，一个真实的人在长大以后像蒸发一样消失在你的生活里，措手不及，却还要习以为常。

我打听过许桥的消息，说她在音乐学院。去了她的学校，被保安拦在了外面，我绕到学校侧面翻墙进去。

当我从墙上跳下来的时候，几个路过的女生停下来，看见立足未稳的我，捂着嘴笑成一团。我有点不好意思，也跟着笑，她们窃窃私语着离开了，留我在原地，我忽然有种回到校园，重新变成学生的感觉，这让我很怀念，甚至觉得自己也在这念书。

我就这样在学校里漫无目的地闲逛，看男学生打球投篮，看女学生拎着浴筐擦着湿漉漉的头发，情侣拥抱点头。一个小伙子递给我一个传单，问：“同学你喜欢国际象棋么？有兴趣来我们社团试试么？”

我看着他们，心里羡慕，又萌生出自卑和羞愧感，因为我知道我和他们不是一个世界的。但许桥是，于是我就把学校里的女孩都想象成许桥的样子，赶着去上课的许桥，拿着暖壶回宿舍的许桥，边走边吃口香糖的许桥，她们看上去无忧无虑，青春正好，前途光明，无可限量。

而我只是一个无业游民，两手空空，一无所有。想到这我很慌张，只能从学校逃离，回到市井，才能让我多一点归属感。

我后来还是经常去音乐学院，但从来没有遇见过许桥，我也不敢在学校打听许桥。我不知道自己是害怕她看见我现在的窘迫，还是怕她已经有了新的生活，早就淡忘了过去的一切。

总之，我总是想能在学校里遇见她，只是看看她就好，但我不想她认出现在的我。

我还做过一些不切实际的白日梦，想在北京混出点样子，能有见她的资本。但现实却是我的事业没有一点起色，只能看着自己的青春白白为这个城市充值，看着它发展，辉煌，然后将自己抛弃。

我到北京的第一份正式工作，是在车险公司当定损员，只有这样的工作不看学历，也不怎么查底细。我怕被人查到自己的过去，还特意弄了个假档案，其实根本没人在乎你的过去，于是我过上了电影里那种隐姓埋名、早出晚归的生活。

定损是个技术活，客户的车在哪出事故了，我要第一时间赶到现场，根据事故的情况，勘查、审定赔偿。刚上班的时候，领导带着我看现场，后来我自己也定些小案子，从划痕和玻璃开始。这样的小活要求看得细致，我也开始变得慎重，考虑得多。有几次看见撞得严重的，不敢自己定，等着前辈过来帮忙看看。

工作快两年以后，一切都渐渐稳定下来，领导对我也越来越信任。有时候我会调整区域出去流动，没人帮我拿主意，我就自己琢磨。外面跑得多了，经验也就多了，前辈不再管我，多数案子我自己也都能独立完成。

在北京摸爬滚打的这段时间，几乎每个月我都会去各大音乐院校蹲点，在门口看人，进到校园里溜达。大海捞针一般，机械地重复着失望。北京真大啊，两个活生生的人扔在这里，彼此只要不联系，就永远不会相遇。

有时候工作也不都是一帆风顺，有的客户故意撞坏车，然后找保险公司理赔，说白了就是碰瓷儿。遇见这种情况定损员检查后都不会赔偿，客户一开始也没打算要脸，接下来就是胡搅蛮缠或非打即骂。

保险公司也怕得罪客户，豁出去不把自己的底层员工当人，告诉基层的定损员，无论客户怎么无赖，要做到打不还手，骂不还口，只要是和客户发生争执，那永远都是我们的错。

有一次我的前辈遇上一个碰瓷的，明显是自己故意蹭的，却还坚持要理赔。前辈没答应，这个客户就追着前辈打，结果客户自己没留神摔倒骨折了，保险公司没赔车险，倒是把这个客户的医药费给赔了。

这叫什么事呢，我想不明白。疑惑越来越多，这个世界和我想的太不一样了。

这样的流氓客户，我也遇见了一次。一个戴着金链子的光头大哥，被拒赔后恼羞成怒，伸手要打人，我下意识地摸了摸左手腕，一时间很多人突然出现在脑海里，爷爷、许桥、猴子、崔管教、保险公司的前辈，我后退了几步，故意示弱想让这个光头大哥冷静下来。

结果他得寸进尺，我越往后退，他追打得越凶。我就只能跑，光头大哥就在后面追，公路上两个人一前一后，路过的车都故意减速看好戏。

眼看着光头大哥就要追上我了，他却忽然减速，越来越慢直到停下来。没有很厉害地喘气，只是擦了擦脸上的不明液体，不是汗，大晴天也没下雨，他只是疑惑地看着前面。

我间断地回望，光头大哥这才看见落在自己脸上的，是我向后飘散的眼泪，咬着牙的委屈和难过，瞬间就把他的愤怒浇灭了。他想喊我回来，但是已经羞于喊出口。

公路上的车一辆辆超过我们，我把脸仰起来问自己，是从什么时候开始的，怎么这么爱哭了？当初是怎么答应爷爷的？你可真丢人啊。

越是想把眼泪憋回去，却越是忍不住，直到听见后面的人喊，兄弟你回来吧，今天就这么算了。

我躺在公路上，忽然想起我爷爷最后一次送我上学，我自己过的那条马路，红灯熄灭，绿灯亮起，我站在马路中间，却没有一辆车催我。想到这，我往路边滚了滚，当年那些有人情味的车，都去哪了呢？

那天结束工作后，我走出公司，一个中年男人带着一个男孩从我身边走过去。中年男人不停地训斥着男孩，叫嚷着说，多多啊，你可听点话吧。男孩漫不经心，脸上写满了稚嫩的不屑。 多多应该是他的小名吧。真好，现在还能被当成孩子。我爷爷走后，我就再也没当过小孩了，从记事起，我就叫让秋，没有别的名字。

有一次公司的同事集体去算卦，据说是新的看法，观察星盘，属于占星的一种，拉着我也去。每个人都对自己的命运充满了好奇，我不太理解，被剧透了的人生还有什么意思呢，尽管我感觉自己的人生已然触底，可还是跟着去了，可能因为心里还有事放不下吧。

占星的是个女老师，她让所有人围坐一圈，轮着班给每个人看星盘。我对面坐着一个年轻漂亮的姑娘，笑起来清澈透明，像是没经历过痛苦，活泼又真诚，看着就像好人家的孩子。占星老师走到她那儿，看了看她的星盘说，你的灵魂真干净啊，好孩子，你这辈子就是来玩的，尽情享受吧，祝你玩得开心。

周围的人都送去羡慕的眼神，女孩子自己吐吐舌头笑了，大家互相一打听，女孩的确出身好，没有为任何事情发过愁。等占星老师走到我这儿，看了一眼我的星盘，轻轻抱了抱我，说："你有一颗老灵魂啊，而且是非常老的那种，这么久以来你辛苦了，加油。"

说完老师就走了，我看着自己的星盘，生老病死聚合离散好像都困在这一个圈里，现在自己又在这个圈的哪里呢，下一步又要去哪呢?

活动最后，占星老师说每个人都有不同的灵魂，你们或多或少都带着前世的记忆，这一世来到世界，也都有自己的使命，这辈子你的使命没有完成，下辈子就会继续轮回，直到你完成使命。或者遇见你命中注定的人，你们就会完成彼此，组成完整的圆，不用再继续轮回。

我用手指在星盘的照片上不停地画圈，许桥啊许桥，你在这圆里的哪里呢？你是我命中注定的人吗？这个世界和我想的有点不一样啊。

在北京的第三年，猴子来北京找我了，开着一辆奔驰600。我以为猴子发达了，结果他是给别人当司机，车是老板的。

我们打算去东门吃点涮羊肉，遇上了堵车，后面的车不停地按喇叭，还探出头来骂街，猴子只是往后看了一眼，用余光瞄着我。我们俩都特别淡定，就好像不是在骂我们。后面的人骂着骂着累了，缩回去休息，喇叭也不按了。

过了一会儿，我和猴子都笑了，前仰后合的，这才过了多久啊，我们俩都快不认识对方了。要是高中那会儿，犹豫的工夫都够解决战斗了吧。

猴子点了根烟，递给我一根，车窗摇开，烟雾弥漫，我使劲嘬了一口，吐出好看的烟圈。两个人看着这个圈缓慢上升，消散，无处不在。

我靠在座椅上，盯着烟圈消散的地方，问猴子，当兵好玩么？

猴子轻轻弹掉膝盖上的烟灰，好玩，好玩得让你觉得自己也被玩了。要是还能有下辈子，我不想这么过了。

[十五] … 这个世界

01

上小学的时候猴子趴在书桌上看漫画，他爸爸刚好从部队回来，看见猴子的坐姿，从后面上去就是一脚，猴子重重摔倒在地上，却不顾一切地迅速爬起来站好。他爸什么都没说就出了书房，但猴子却保持军姿站了一个小时。

猴子从记事开始，一切就都是规章化的，什么时间睡觉、上学、吃饭，他没有享受过孩子的任性。有一次猴子带我回家玩，一张桌几个人吃饭，没有一个人说话，食不言寝不语，真是教科书一般。吃完饭我抬头，看见猴子的父亲直勾勾地盯着窗外，我忽然觉得大人郁郁寡欢起来，都是一个样子，他们年轻的时候也肯定都有许多想法，但是没有一个实现过，活到现在全靠着心底的那口气，想想也挺不容易的。

我刚进看守所没多久，猴子他爸忽然就病倒了，好像一下老了很多，失去了掌控一切的能力。严苛也用不上力气，坚硬崩塌后，只剩下更多的追悔。

为了能让父亲有些许安慰，猴子选择了入伍，在广西和云南交界的一个小地方当消防兵。部队设在一个高速路口的边上，出警原因最多的不是火灾，而是高速交通事故。

每天早上六点起，先集合出早操，跑五公里，单双杠加俯卧撑。到六点四十左右收操，回到宿舍整理内务打扫卫生，七点十五集合检查器材和车辆装备，避免出警时车有问题。到七点四十准备开饭，吃到八点半，开始正式操练，体能和业务训练，水袋连接，或者八米外打目标，队长总想着玩点花样，在远处放一排可乐，谁用水枪击倒就归谁。

猴子是队中唯一一个上过高中的兵，所以除了日常训练，他还兼任中队文书，平时整理资料，拍拍照做营区记录，出警时收集现场情况，顺带着出出中队板报。每次在黑板上画画的时候，他总会想起高中的艺术节，那时站在黑板前的人真多啊。

有时候正想得出神呢，警报忽然就响了，马上换衣服往车库跑。当兵之前，猴子总以为消防就只救火，可现实却是高速上的交通事故、自然灾害的救援，还有各种各样的突发情况，都远远超过火难的次数。

有一次派出所忽然打电话来求助，说有个老人上吊自杀了，希望消防帮忙把尸体弄下来。猴子想不明白，这怎么也要消防帮忙。到了那才发现，老人把自己吊在了房顶上，系了一个大绳扣，把自己挂了上去，因为消瘦，风吹起来像一面旗帜，招摇着这里发生的一切。

警察说老伴去世后，老头就自己住，现在两个儿子都在外地打工，没有时间回来看他，生病了也没人照顾。想去城里和儿子一起住，又被撵了回来，一时间没想开，就把自己挂在这了。

队长让猴子拍几张现场照片记录一下，猴子不忍心，说警察兄弟都拍了，到时候要两张吧，队长没理他。干活吧，云梯加起来，猴子离老人越来越近，等到触手可及的时候他看见老人的脸一片土灰色，表情一点也不痛苦，是真正的放弃了，和以前见过的那些挣扎，都不一样。

猴子后悔了，他不该上来的，太难受了，得是多大的绝望，才能摁住人临死时本能的求生欲望呢。一点挣扎都没有，他得多难过啊，他得多不容易。猴子掏出相机，哆哆嗦嗦地拍了几张，然后慢慢把老人扶下来，云梯落下来的时候，猴子觉得他是和老人一起从天堂下来的，自己好像也死了一回。

相比高速上撞得血肉模糊的人，和火场里认不全的身躯，这样的表情更让他难忘。

还有一次是妈妈带着刚会说话的女儿跳楼，因为丈夫另寻新欢要离婚，无辜的孩子卷入其中，被母亲抱在怀里居高临下俯视着命运。那孩子哭得太伤心了，让下面每一个无能为力的人都跟着自责起来。气垫充好，云梯准备就绪，猴子从后面慢慢溜过去，一把抱住母女拽了下来。母亲很快就被制服了，只有那个小女孩一直被猴子抱在怀里，下来的时候女孩已经不会哭了，只会发出呜呜的声音。她也不寻找母亲，谁抱着都行，好像突破了恐惧的极限，还在不停地往下坠，没有回过神来。

没事的，已经没事了，别怕，都会好起来的。猴子不停地安慰，他也不知道是说给孩子，还是说给自己。猴子没有给这个小女孩拍照片，可事后他总会想起这个小女孩。

在部队接受的训练，就是面对各种各样的突发情况，如何灭火，如何使用水枪，怎么从高处把人救下来，处理交通事故，抢险救援。所有人被训练得像机器一般面对各种各样的突发状况，可没人训练他们在营救工作结束，一切重归寂静后，该如何是好。

走出部队驻扎的高速附近，往云南方向行驶，会发现大片喀斯特地貌的平原，岩石和植物纠缠在一起，大片的绿色中掺杂一些白点，表面一马平川，实际上暗藏着许多看不见的天坑和溶洞。附近的村子住了许多本地白族人，他们还没有方便的交通工具，上山或者去干活都会路过这里，即使加倍小心，也还是会有人跌下去。

如果运气好遇上的坑不深，或者卡在溶洞的某个位置，大声呼救，就会有人来帮忙，掉得太深了就会求助消防。猴子第一次跟着来的时候不敢下洞，队长把他叫过来，手把手教一次，先打绳结，连安全钩，然后套上点降用的八字环，戴上头盔，检查头灯，在洞口支好三脚架，穿上全身吊带，如果下面的人活着，不能动，就带上多功能担架，要是下面的人已经死了，就背着殓尸袋下去。每个步骤队长都重复两次，希望猴子能记得深一点。

猴子开玩笑说，下次我要是还打不好绳结，队长就帮我打吧。队长一脸严肃地看着猴子，下洞的绳结都得自己打，这样要是掉下去了，也只能算在自己头上。

猴子愣了一下，没接话，在洞口帮着队长顺绳子，溶洞的洞口通常都不大，但是下面空间无限，而且不同的洞也有不同的情况。通常所有的洞下面能见度极低，如果是天坑，往下五十米就与世隔绝了，有的时候还会遇见中途拐弯的洞道，天坑最下面还会有各种各样的声音，风声，流水声，地下河水声，就连岩石也会有声音。

第一次下洞，猴子学会了一个新词，幽闭恐惧症。他太害怕下去的那种感觉了，好像一切都失去了控制，黑暗不停地吞噬着他，尽管他把下面的人救上来时，大批的村民给他献花，拥抱他，他还是忘不了自己在下面的那种感觉。

全世界只剩下自然的声音，算是真正地被天地教育过了，他恐慌，也敬畏，好像所有的溶洞都如神庙一般神圣。

刚下完洞没几天，附近的村民就送来锦旗和礼物，还邀请子弟兵们去参加他们的火把节。组织上考虑军民一家欢，是好事，队长就带着猴子去了苗族的寨子。

节日里有许多表演节目，姑娘小伙子们载歌载舞，队长和猴子只能在旁边鼓掌，偶尔被拉起来围着圈蹦跶几下，意思意思。有老人不停地来敬酒，队长说部队有规定不能喝酒，老人又听不懂汉语，端着碗干着急，队长没办法，勉强喝了吧。

两碗下去队长就倒了，猴子开始害怕，轮到自己了吧。这时候来了一个姑娘，把猴子拽到人群中去，领着他跳舞。女孩甩开的头发已经过腰了，小麦色的皮肤干净得像是一块璞玉，瘦高的身材跳起舞来却很有力量，一看就是经常干活的人，一边手舞足蹈，一边攀谈了几句。原来那天猴子在溶洞里救下的人，是她哥哥，姑娘不停地表达谢意，猴子有些害羞，不知道该说什么。

跳完舞，姑娘小伙要在火把前选心上人了，人群里不停地起哄，你来我往，有人真的牵手走了，有人还在穷追不舍。这时候拽着猴子跳舞的姑娘忽然走到猴子面前，从怀里掏出两个手绳，一个系在自己的手腕上，一个系在了猴子手上。所有的人都开始起哄，就连队长也酒醒了，在旁边不停地鼓掌。

原来是装的啊，猴子推了一把队长，又站起来看着姑娘，随后被姑娘牵到了后寨，两个人坐在漫山遍野的黄花里，从傍晚一直坐到夜晚。夕阳把花朵染成红紫色，他们还紧盯着远处的风景，好像看尽了人生的所有日落。

回去后，每天都有战友拿这事和猴子起哄，白族姑娘还来部队探望过猴子一次。两个人在训练场聊了一会儿，姑娘说只是路过这，时间紧，都没留下来吃饭。

日子过了没多久，派出所又找到消防队帮忙，以前只是打电话，这次直接找上门了。队长和警察在办公室聊了一会儿后，就集合了中队。

等所有人都装备完毕了，队长却告诉猴子这次他不用去。猴子奇怪，警察和队长嘀咕了几句，队长上车准备出发，他觉得不对劲，偏要跟着去，队长叹了口气，示意他上车。

他们一直开到苗寨附近的平原，远处人群围着一个溶洞，警察，村民，议论声，哭声，猴子扒开人群看见几个警察押着一个戴手铐的犯人，看样子还不是苗族。人群的另外一个方向，猴子看见了那天他在溶洞里救下的那个男人，那个白族姑娘的哥哥，他倒在地上不停地咆哮着什么，声泪俱下，几个汉族人用普通话议论着，不断地涌出“强奸”“碎尸”这样的字眼，猴子好像猜到了什么，眼前一黑，坐在了地上。

队长冲过去，拽着猴子肩领，硬把他从地上拉起来，低头和他说，你知道得差不多了，我不想让你来的，可是你现在也来了。犯人交代了，现在那姑娘就躺在下面，就算她不完整，也是大部分，就在这洞里，如果你不下去把她带回来，我就下去。

猴子没等队长把话说完，就去打绳结了，身边各种各样的声音快把他淹没了，他想让所有人闭嘴，然后认认真真地做好绳索，安安全全地把她带回来。他还想冲上去掐死那个罪犯，但是他知道时间宝贵，溶洞下面太黑了，也太冷了，不能让她一个人在那待那么久。

猴子终于忍不住了，他哭出声来，绳结打得一团糟，队长跑上来帮他重新打，他推开队长说，我自己来，要是掉下去了，就在下面陪着她。

再没有人拦着他，荧光色的救生衣在傍晚格外显眼，手臂上的红绳也走出袖口，背上多功能担架，他准备好一切，准备下洞。队长递给他一个殓尸袋，我知道你难受，但是你想把她完整地带回来，就得用这个。

猴子没说话，接过了殓尸袋，也还是带着担架。扣好绳索，在洞口犹豫了一会儿后，就开始下洞了，快到十米深的时候，熔岩壁越来越远，溶洞忽然开阔起来，没有地方可以蹬踏，他挂在了空中来回摇摆。黑暗中只有头灯摇晃，四面八方的声音扑过来，像是威胁靠近的警告，没有比这更糟糕的情况了，但是他却一点也不害怕。

也忘了到底下了有多深，他终于触底了，向上面打信号，自己安全，然后借着灯光在附近摸索。第一个进入猴子视线的，是戴着同样红绳的手臂，猴子跪在地上叩拜，他不是害怕，是接受不了，不停地用拳头砸自己的头，然后小心翼翼地把那只手收进殓尸袋。

每找到一部分，猴子就抱起袋子掂量掂量，看看够不够一个人的重量，他找了很久，溶洞底部所有能搜索的地方，都搜索过了，可他还是担心落下哪一部分。头灯间断地闪烁着，猴子觉得奇怪，昨天充好的电，一次能用十几个小时呢，这才多久啊，是磁场干扰吗，还是她给我的信号呢。

想到这，他最后一次搜索了溶洞里能探查到的地方，然后把殓尸袋放在担架上，又把它们一起捆在后背上，就像对待一个受伤的人。猴子用力拽了拽绳索，上面的队友收到信号，开始向上拉，猴子默默地说，咱们走吧，咱们不在这待着了。

绳索慢慢上升，周围的黑暗也渐渐退去，洞口处的光点一点点变大，他们就要去向另外一个地方了，一个全新的世界。猴子和背上的袋子说：“别怕啊，咱们马上出去了。”可是他自己却从未如此害怕过。

02

从消防部队退伍的那天，猴子在院里做了一百个单杠卷身上，把这个纪录留给了部队，然后被战友送到了火车站。买票的队伍排得很长，猴子站在外面不知所措，售票员指着他说，退伍军人优先。

也没多想，猴子拿着钱就过去了，余光瞄到旁边排队的人群，收获了不少白眼，凭什么你就不用排队呢。猴子想着在部队的时候每天忙得不可开交，救了那么多人，可是有谁会在意这些付出呢。没想过要被当成英雄，起码能收获点感激吧，但显然他想多了。拿到票以后像是占了别人便宜，他急匆匆地找了厕所，换下了退伍军装。

衣服可以换，但是习惯还在那。回到长春后，每天也还是六点起床出去跑步，去父亲安排的单位上班，报到时在门口坐着还保持标准的军姿，旁人像看动物一样欣赏猴子，进门还喊报告，领导茶水都吐出来了，笑着上下打量他。猴子斜看了一点地上的茶叶沫，好像啐在了自己身上。

上班的地方是个体制单位，每天的工作都很闲，看看资料，开开会，剩下的时间自己想干点什么就干点什么，和以前不一样。在部队一切都是标准化的，吃饭、睡觉、训练，都得按着规定时间来，一辆消防车每个人都有自己的分工，一二号枪手负责出水，要业务技能出色，经验丰富，三号负责干线、水袋、铺设分水器，四号警戒，五号机动，每个人都有自己该干的事。

现在不一样了，干多了，别人说你是故意表现，做得少了，又找不到自己的位置。还是早上六点醒，晚上九点睡，每天都不知道干什么，以前当兵的时候总觉得累，想歇歇，可是真的停下来以后，才发现不向前跑更累。

03

猴子和我说，他经常会怀念军队、战友，也想念高中，想念同学，但他一直不敢回附中看看，也不知道自己怕什么。猴子去过一次我家，看望了我爸，也问了我在北京的联系方式，后来我们通过几次电话，了解了彼此的近况。

没过多久，猴子就辞职离开了长春。他先去了上海，住在曹杨路，楼下的老鸨每天都想把他拉进屋里，但一直没成功，街对面有一个古玩市场，有卖管制刀具的，每次从那路过，他都会想起拿着木棍的我。

后来猴子又去了深圳，在福永的一个工厂里拉业务，走出厂楼，视线开阔，周围什么都没有，很难想象这里是经济特区。同在工厂里上班的工人都比他年纪小，头发五颜六色，穿得花花绿绿，十五六岁的年纪，还什么都不懂，就已经出来面对了。你觉得他们会早点成熟，其实恰恰相反，过早地接触现实，还感触不到它的难，时常会忘记自己真正的处境，一种漫长的麻痹，等到反应过来的时候，自己已经足够老了。

干了没多久，猴子又辞去工厂的活，去给一个老板当司机。行业不景气时，老板被供应商追债，差点被捆起来揍，是猴子帮着解了围。从此以后，猴子就成了老板的贴身保镖，后来老板转战到北京发展，猴子也跟过来了。

老板人还不错，看着猴子不远万里跟来了，先给猴子买了份保险，又给报了个成人大学和保镖学校，真心想培养一下猴子，也算报答之前的解围之恩。顺便问猴子，在北京有没有熟悉的、值得信任的朋友，他这缺人手，猴子说巧了，还真有一个。

我和猴子见面后，开着他老板的车直奔东四。路上很堵，所有车像蜗牛一样慢慢蠕动，一个中年男人拿着一张残疾证，挨着车敲窗户要钱，到前车的时候窗户自动拉了下来，一只小手拿着十块钱递出来，猴子放下手中的烟看过去。中年男人加快步伐向这走来，车窗口的钱忽然扔在了地上，一个小孩拿着水枪探出头来，朝着跑过来的男人开滋。

男人一边用手里的残疾证遮挡着水枪，一边低下身子去捡那十块钱。看到这，猴子把烟掐了，不停地按喇叭，这是他能展示的最大的愤怒了，要是以前，他可能会下车敲碎前车的窗户，告诉家长管教好小孩。但是现在只会远远看着，按按喇叭，猴子忽然觉得，他不认识自己了。

那个男人捡起钱来，已经浑身湿透，却来不及擦。猴子看了心里难受，原来有人仅仅是活着，就已经付出了所有力气。一时间他又想起了很多人，坚硬的父亲，那个上吊的老人，白族姑娘活着时的样子，还有被自己救下的那个小女孩。

她现在过得怎么样呢？是不是还活得好好的？如果她见识了这个世界真实的模样，又会怎么想呢？

[十六] … 走到最后

01

猴子和我说，这个城市的人都想要太多，既想要梦想，又想要生活，但两全太难。要么孤独地活着，路都新鲜，风景也不重样。要么放弃辛苦，忘了一切新鲜感，甘心柴米油盐，哄孩子做饭。

我们俩在天桥上抽烟的时候，我又把他的话想了一遍，我发现我从来没有选择过，或者说连选择的权力都没有，光是活着就让我付出了所有力气。

选错，是一件特别沮丧的事，就好像两个人不是相爱就能走到最后，而是每一步都要走对，才能到走到最后。

而没有选择，是一件让人绝望的事，你只能眼睁睁看着她越来越远，什么都做不了。像一种惩罚，你生就带来，死也拥有。

我答应猴子和他一起干，于是就搬进了他的宿舍。朝阳桥边上的一片老式砖房里，一共六层，没电梯，一个屋子里，两张上下铺住了三个人。

除了猴子，还有他在保镖学校的教练，大伙都叫他任队。另一个是林胖子，猴子同期的同学，因为太不争气，接不到活，当保安还和业主吵架，被任队捡了回来。

猴子故意和任队客气说，你捡回一个，我也捡回一个，扯平了。

任队大笑，褶子都挤在一起，左眼旁边的疤也颤起来，把眼睛都挤没了。他起身和我握手，手掌特别有力，肩宽腰细，一看就知道是练家子。

许多人初次见面都会多留意任队眼角的疤，有时候他自己也指着疤说："也不怪别人，我女儿都不乐意多看我。"

谁也没多问关于伤疤的故事，只是摘下墨镜的任教练，显得虚弱很多，就像一个早已被生活蹂躏无数遍的失败中年男人，街上到处都是，哪怕是同情也让人提不起兴趣。

猴子告诉我，关于任队的传说很多，有人说他曾经是打手，给老板卖命，后来又帮别人放高利贷，要债，但总归不是正经营生。有一次要债，对面也不是善茬，任队眼睛被砍掉一半，痊愈了回老家养了一段时间，又出来找工作。

虽然任队外表严肃冷漠，但实际上是个心软的人，有一次看见林胖子在操场边上偷偷打胰岛素，他摘下平时不敢摘的墨镜，看着林胖子气若游丝地和他打招呼。于是以后任队接什么活，都带着林胖子，虽然林胖子人高马大却只是个摆设。

猴子的老板来了北京后，做什么生意都没起色，手里握着钱，哪都不敢投，只能做放贷。没想到借钱的人还不少，时间长了自然有一些呆账和坏账，老板就打发任队带着我、猴子还有林胖子去要钱。

老板交代过我们，要账要留一线，不能泼油漆拉横幅，这样人家以后就不借了，让他不还就不舒服，即使还了也还是不舒服，还得来借。我听得云里雾里。

一开始我拉不下脸。以前一直在底层干活，不会当大爷，但是任队轻车熟路，我总觉得他戴上墨镜往那一坐，就是等着别人来伺候的。

我跟着任队去了几次，也学会了他那种看着讲理，其实是不讲理的做派。就是憋着劲地让你不舒服，天天跟着债主，鞍前马后，多余的殷勤和过分的热情，替对方挡住一切社交，一种让人无奈的无赖。

这种要债方式，好像勾出了我内心里的恶，我也学会了这种无赖，看别人越难受，越不自在，我就越痛快。我把这些欠钱不还的伪君子，和曾经那些骗保险碰瓷的客户画等号，他们的一切痛苦都是咎由自取。

我们几个人中，唯一没有被同化的就是猴子，他说，我们都经历过这样的生活，所以我们才觉得这是规则，是保护自己的方式。但正确的处理方法应该是因为自己曾经被这样对待过，所以不应该这样对待别人。

反抗和忍耐都不是好方式，化解才是。

我同意猴子的说法，但我暂时不想那样去做，当好人有什么好呢？

何况当坏人，也没想的那么坏。

02

我们几个干这种活干上了瘾，于是脱离了老板，开始单干，猴子给我们的小团队起了个名，叫“赏金猎人”，特俗的名字。

我们四个在“借贷圈”成了有名的无赖，任何呆账、坏账，甚至赖账，我们都能收回七八成。全回是不可能的，扣除我们的佣金，客户也就能收回一半，但总比一分没有好，有的客户也只是为了出口气。

请我们要账的公司各行各业都有，但都是私企，以个人名义签合同，不敢带上公司，怕惹上麻烦。我们干出了心得，越来越起劲，后来开始进军娱乐圈。

许多明星的商业活动费用拖欠情况严重，主办方要么只结了一半，要么连首款都没有，有的甚至不为艺人安排妥当行程。有几次主办方没有给酒店结钱，酒店就把艺人扣下了。

出了几次意外，公司也学聪明了，接到商演后，要求对方先付首款，艺人才能出发。就算演出当天艺人已经到了机场，如果首款没到，也不会上飞机。有的商演活动直接用现金结算，不走账，艺人到了干活，完事直接拿钱，经纪助理自己拎着一大袋子现金，提心吊胆。

于是娱乐公司找到了我们，有时候我们负责找主办方要演出费，有时候我们也给现金送镖。干来干去，偶尔还客串艺人的私人保镖，防止艺人再被酒店或客户扣下。

猴子和任队都经过一段时间的专业保镖训练，他们上手快，还和我讲过这里面的门道。我们接过最多的单是艺人商演，项目下来后，艺人的经纪公司会派一个监管，上缴所有工作人员的证件，客户希望参与安保的人都安全可靠，受过良好的教育，绝对不允许有案底。

我私下问猴子，到底有没有档案这回事，会不会有人在电脑上随便敲敲打打，就能知道我的过去和现在。我心里七上八下，既担心被别人挖掘，又向往被找到。

任队也不知道会不会有人查，但项目不能出错，后来任队给我重新办了个假身份证，连名字也换了，叫马小军。

猴子把新身份证放进我西装的上衣口袋，然后帮我整理领带、对讲机、耳麦，捋顺了头发。林胖子使了不少劲才把自己塞进西装里，一边穿一边说动物园附近买的廉价货，一点也不合适。说话间还不敢用力喘，怕扣子绷开，转身从怀里掏出一瓶香水，对着自己领口喷两下，在高中门口地摊买的，据说这样能让别人记住自己。

每个人都期待侥幸啊，在庸碌无常的生活里，想方设法地给自己制造可能和惊喜。

我也借来香水给自己喷了几下，去照了照镜子，头发长得已经挡住了眼睛和耳朵，胡子也长了不少，黑眼圈、香烟、酒精在脸上不同的地方都刻下了痕迹。我生平第一次感觉到自己的衰老，不是因为皱纹，不是变圆的身材，不是手指夹烟留下的痕迹，而是因为镜子里这张疲惫又紧张的脸。

我们几个穿得人模狗样，几天前还是堵门要债的无赖，如今摇身一变，好像成了正义的化身。我们接了不少这样的活，还尝试把当“无赖”时的那套工作方法照搬过来，居然也适用，后来我有点明白，在这个社会，不要脸地活着，比要脸轻松多了。每个人都一样，无论你活在什么阶层、什么环境。

因为工作，我也接触了一些艺人。在外面是明星，在经纪公司只是赚钱的工具，有时候我觉得他们也不容易，原来很抵触的一些事情也开始做得心甘情愿。帮客户买热饮，陪他们外出，有艺人就喜欢吃肯德基的辣翅，我也会帮忙代劳。

买一送一的精神关怀，让我和一些客户成了朋友。这些明星中有的是草根出身，会在没人的地方和我要烟抽，有的生在很好的家庭，对每个人都很有礼貌，但永远存在距离感。

有一次我给一个女歌手当司机，参加某珠宝的走秀，助理跑出去讲电话，女歌手和我说：“我休息一下，有事你叫我好吗？”

我点点头。后来别人告诉我，这算是对我很大的信任了，我听了觉得高兴，好像我就渴望这样的信任，天生就对这种事上瘾。渴望被人需要，被记住，被人时常想起。

有时我会梦见我爷出走，我爸又不在家的那几天，整个世界都和我失去了联系，我一个人站在人民大街中间，背后是卫星广场，往前是繁荣路，车水马龙都和我没有关系。我是个多余的人，没有人认识我。

这些经历只有我知道，好像童年变成了我的影子，跟随着我长大，最终长成一棵树，成为我也看不见的行为道理。一个人经历了什么，就会成为什么。

每完成一单，任队会带着我们一起分钱，然后做几个菜，在宿舍里庆祝一下。都是我下厨，猴子打下手，林胖子必须控制饮食，我会给他开个小灶。任队长给老家女儿打电话时，会自动切换成娃娃音，带着脸上的疤，笑得眼睛藏成一条缝。

宿舍里面有个破电视，挂在猴子的床边，影像若隐若现。几种声音掺杂在一起的化学反应，变成生活中的日常气息，让人有“家”的错觉。

立秋那天，我们又接了一个大单。出发前任队长买了水饺祭旗，我们坐在宿舍里碰杯，电视里正在放一个选秀节目，林胖子龇着粘了韭菜的牙说，刚才有个唱得好的，四个老师都转身了，人家那嗓子是怎么长的呢？

任队说：“过会儿我们就去办这个节目的公司，你们先看看这个节目。”

猴子说，我也想知道，你每天就吃那么一点，怎么就不见瘦呢。林胖子瞪了猴子一眼，任队搭话说：“人的胖瘦和吃多吃少、运不运动有一些关系，但还有一部分，被基础代谢率控制着，像猴子这样的，基础代谢高，即使每天躺着，代谢也不会停止，吃多少都不会胖。可是有些人基础代谢低，吃多少就吸收多少，代谢得又少，这样的人很难瘦下去，即使你通过运动、节食，瘦下去了，也随时会胖回来。所以啊，一个人现在是胖子，可能就注定一辈子都是胖子。”

听完队长的话，林胖子灰心了一会儿，然后开始大口大口地吃饺子，好像开始放弃自己。但我觉得这未必是坏事，不能自由地活着，就及时行乐吧，我夹了几个饺子送进林胖子碗里。

伴随着林胖子的咀嚼声，窗外汽车的鸣笛声，还有任队长让林胖子慢点吃的叮嘱，一阵熟悉的声音偷偷溜进我的耳朵，搅乱了我为之珍惜的生活气息。

好像在哪听过这首歌，又好像我从来没有听过。印象中的湖水开始解冻，重新荡起涟漪，森林挨过了冬季，鸟儿站在枝杈上，叶子重新落进教室。

电视里一个熟悉又陌生的人站在舞台上，好像几年前，我们在高中相遇一样。她低着头，立体的五官，干净的皮肤，淡淡的眉毛，表情呆滞，仿佛什么都已经历，也什么都懂得。

她还没有唱完，台下的老师已经迫不及待地拍下按钮，为她转身。歌声结束后，一群人站起来喝彩，我有点嫉妒，你们都不了解她，你们根本不知道她有多好，凭什么喝彩呢。

最先转身的一个老师推了推鼻梁上的眼镜，扬起高高在上的下巴，问道："告诉我，你为什么站在这？"

舞台上的人说："我想唱歌，我想成为一个歌手。"

她回得干净利落，好像没有一丝犹豫，和几年前天差地别。世界忽然变了一个模样，在屏幕的另外一边，我感觉电视里的人如此陌生，湖面中的倒影被石子打散了，我要寻找的那个人，那个沉默、内向、宛如一泊湖水的人，确确实实地不见了。

好像一场雨全都浇在了我身上，我感觉全身冰凉，脑袋眩晕，我放下碗筷，大喘气，然后四处看看，没有什么可以放下了。心里一直的悬念，手上的东西，心里憋着的这股劲，我都放下了，原本不能放弃的，也全都可以放弃了。

[十七]… 我好想你

01

我没有和他们一起去那个娱乐公司，只是躺在床上，翻来覆去，什么也不做。猴子回来说，没见到什么艺人、明星，自然也没见到她，对方下了一个讨尾款的活，后续可能还有一些安保的工作。

听猴子说没见到人，我松了一口气，又有点小失落。我那么想她，现在反倒怕了，我有点瞧不起自己。

猴子问我，要账你去吗？

我摇摇头，不去。

猴子又问，你怕看见她？

我想说是，又觉得不是。我和猴子说，我怕她看见我当老赖，怕她瞧不起我。

我明白了，我不是不想见她，是怕她看见现在的我。

只是短短的半个月，电视、手机，到处都是关于她的新闻，娱乐公司和媒体把她包装成一个先天缺陷楚楚可怜的天使。我一点也不喜欢别人这样介绍她，别人会觉得自己在听一个有问题的人唱歌，她的标签已经大过了她的表演。但娱乐圈就是这样，先把知名度、影响力做上去，其他的以后再说。

有的新闻标题直接写成“脑残歌手惊艳表现打动导师”，人们把她的话题炒到极致，还特意在娱乐节目里做试验。

主持人问：“所以你是真的脸盲，那我们在这里聊这么久，明天在大街上相遇你还是认不出我是么？”

“也不一定，如果你明天还是用这么刺鼻的香水，我可能离你几米远就能认出来。”

底下的观众大笑，她也跟着笑，广告忽然插进来，“深度剖析失认歌手——许桥。我们广告后再回来。”

我关掉电视，不想再看。简直变了个人，随机应变，侃侃而谈，精致的妆容，我甚至怀疑她是不是我认识的许桥。

那个跟在我后面看演唱会的小姑娘，或许过不了多久，就可以自己开演唱会了，她身边的一切都有人替她打理。几点起床，中午吃什么，去哪里录节目，一切按部就班地安排妥当，她只要执行就好，什么都不用操心，公司会让助理、经纪人搞定一切，她只需要大方，优雅，对所有人笑。

镜头咔嚓一响，她就出现在各个地方、各个角落。以前我总希望一觉醒来就能见到许桥，现在那些铺天盖地的宣传照和海报犹如梦魇般让我惧怕。

我什么活也没接，一个人在宿舍里不出门，拉上窗帘蒙住被子，昏昏沉沉地过。猴子把我从床上托起来，拽着我的脑袋问，你在这颓什么呢？她变好让你难受了？你怕再也够不着她了是吗？

我没有看猴子，他说得对，我的确难受了，许桥啊许桥，你怎么摇身一变成歌手了。我希望你越来越好，但我也希望自己能一直被你需要。想你能幸福，但不想你幸福到忘了我的地步。

任队进来拉开了猴子的手，拍了拍我说："出去转转吧，别老在屋里窝着，都不通风，乌烟瘴气的，人都窝出病了。"

林胖子也打圆场，抱着我往外走。片刻间屋子里就剩猴子自己了，他打开窗户，风吹进来，把屋里的烟和味道都冲淡了。我在楼下回头看宿舍的窗户，看见猴子在防盗窗的缝里看着我们仨。

任队带着我和林胖子走到一个小学门口。里面的孩子刚放学，有一些没走，在学校里踢球，跑来跑去，呼喊声，破音的笑声，他们什么都不在意。球飞到操场外面，一排小脑袋夹杂在铁栏杆之间渴望地看着路人，任队长小跑过去，做了个很夸张的动作把球踢回操场，小孩们欢呼着谢谢叔叔，又去追球了。

任队特别高兴，他就站在操场外面看着。

"我陪艺人去机场都要被盘问，你看，给他们捡个球他们就不怕我了。孩子多好。"

我看着任队，等着他把话说完。

"每周一和每周三下午，是我女儿体育课。她从来不让我去给她开家长会，觉得我这张脸吓人。和这些孩子一般大，体育课也没什么玩的，就瞎跑，但她特别开心。你知道为啥不？因为所有人都一样了，没有成绩、名牌书包、小汽车接送，大家一起跑跑跳跳，一样了，就都开心了。我在外面就这样看着，也觉得开心，虽然不是因为我，但我还是开心，借了体育课的光吧。"

任队长开始往回走，一边走一边说："在老家的时候，我总想接她放学，一次也行，但她不乐意，宁肯自己走回家。小丫头还挺虚荣，怕别人看见她爸这么丑，但我接过她，混在人堆里，谁也认不出我，悄悄跟着。”任队长做了一个弓腰的小偷姿势，我的心像被揪着一样疼。

“这样我也开心，我看着她长大呢，甭管她知不知道，这跟她没关，是我的事。现在我出来打工了，她再也不用担心别人看见我，说任思瑶的爸爸是丑八怪了。我给她寄钱，买好看的笔和书包，还有我戴着墨镜和明星的合影，她同学们都羡慕，说她爸在外面是做大生意的。我们现在关系特别好，上次我回家她围着我转，说爸爸你回来了，爸爸我真想你多待几天。我当时特难受，孩子不能没爸爸啊，我说那爸爸不走了，不出去打工了，就留下来陪你。结果你猜怎么着？”

我和林胖子同时停下，任队眼睛又眯成一条缝，脸上的疤颤了两下，笑着说：“她表情一下就变了，问我，爸爸你真不出去了吗？她也不再说想我了，也不再让我多待几天了。”

“我说，爸爸骗你呢，爸爸要出去挣钱，给你买好多好玩的。然后她又对我笑了，扑在我怀里。”

说完任教练继续往前走，摸着后脑勺说：“谁能陪谁一辈子，谁又能需要谁一辈子？有那么几年，几十年，你能陪着她，被她需要，就算放学只能悄悄跟着，只要她乐意我开心，就行了。人这东西啊经不起琢磨。我挺相中保镖这活，很大原因是保镖不能被人一眼就认出来，你只要让需要认识你的人认出来就行。你们相互陪伴着走一段路，然后各活各的。”

说到这我们刚好走到楼下，任队忽然靠到我身边小声说：“后续还有她公司的活，你也别老这么颓着，实在不行，去见见她。但是别让她认出来，远远儿地，看上一眼就行了。”

我明白任队话里的意思，或许让我远远地看上一眼，我就能知足，就能死心，看见她光芒万丈的样子，连侥幸都不会再有。

晚上我躺在床上想着任队的话，保镖不能被人一眼就认出来，只要让需要认识你的人，认出来就好。

是啊，不能让她知道我是谁，就算知道了，我拿什么迎接她呢？四个人的小宿舍，动物园廉价西装，每个月几千块钱的单费，我还是什么都没有。

我忽然明白了任队长女儿上体育课的那种心情，大家都退回去，退到原点，每个人都一样了，谁也不用够着谁，谁也不用再自卑了。

想着想着我睡着了，梦里我回到了高中，班级里所有人都在，猴子、项童、高远、肖木生、婕妤，每个人表情淡漠地看着干净的黑板，迷茫又认真。

这时班里忽然来了个转校生，她目光淡漠，谁也不看，径直走向我，然后在我旁边坐下。我低下头，默默地一遍遍念着她的名字，许桥，许桥。

02

艺人的大型商演，无论是演唱会还是音乐节，都先要向文化部等有关部门报批，然后是公安、消防依次报批，接着是票务公司。公安部会推荐一些安保公司给主办方选择，主办方也可以自己选择安保公司。有的公司有固定的合作伙伴，有的也比较随机。

由于主办方并不是每次都靠谱，所以公司也会为自己的艺人安排一些安保。许桥的公司准备趁着选秀节目的热乎劲，在北京弄个见面演唱会，让这一拨选秀签约的新人一起和大众见面，许桥也在其中。

之前任队就接了这个活，但他没说带不带我去。我也有点犹豫，猴子偷偷和我说："你要是去，就不能让她知道你是谁，否则你就再没可能在她身边了。"

我明白猴子的意思，但我不想这句话从别人嘴里说出来，即使是猴子，我最好的朋友。这种感觉就好像有人在对我说，你别自不量力了，你配不上人家。

我问猴子："你说，她还能认出咱俩吗？"

猴子笑了："就咱俩现在这腰围，这胡子，这一身烟味，够呛啊。"

我不甘心，又问猴子："那咱俩收拾收拾呢？"

猴子皱着眉说："你知道我怕什么吗？我怕她认出了你，但是你在她心里已经不是以前的位置了，我也怕她认不出你，那样你会和我现在一样。但我更怕她认出了你，却装作没有认出你。这么说，你能明白我的意思吗？"

我直直地看着猴子，其实他说的我都想过，只是从来不敢往深里去想。

我不再说话，过了一会儿猴子说："只要能看见对方还好好地生活，就挺好的，认不认识，又能怎么样呢？也许相认了，不能再继续，会更难受。"

猴子的话在我脑海里来回踱步，我想起小时候爷爷给我抓痒，总是在痒的地方使劲抓一下，我疼得大叫，爷爷说疼了，就不痒了。我明白了，疼能止痒，心疼也是，所以我要去见许桥。

演唱会当天，我们早早就去了现场。工体东路上，交警已经把社会车辆和工作人员的道路完全分开。下午临近开场前两三个小时，车辆渐渐多了，怕道路拥挤，主办方还单独辟了一条路用来停车。

工体北大门边上，矗立着一组运动员的雕像，广场两侧有国旗区，红毯穿过广场，一直延伸到马路上。签到的墙很快就立好了，施工人员离开，安保进入，每个同伴身上的某种记号是一致的，工作人员能识别，其他人不会在意。一些歌迷很早就到了，他们拿着歌手的照片站在护栏外面四处观望。有几张许桥的照片也在人群中，举着照片的是个小姑娘，青涩得像个高中生。

天渐渐黑了，车水马龙组成流动的风景。工体北门人头攒动，各路工作人员准备就绪，我在红毯尽头的内侧，负责维持广场秩序和保护艺人。时间越临近，现场越嘈杂，我却没有想象中那么激动，甚至有些怕这一刻的到来，怕亲自看过彼此的距离以后，只会留给自己一片难以走出的荒原。

我退到队伍后面去，远远看着现场摇曳的海报和灯光，像个局外人坐在电视前一样，那样我才觉得安全，才觉得这一切是虚幻。明天尚未到来，许桥也从未改变。

过了半个小时，有车队来了，外面的人开始往前挤，护栏像勒紧的腰带渗出多余的肉。我示意人群往后退，目光却一直盯着车里的人。第一辆车在红毯前停下，一个男歌手走下来，我松了口气，人群却开始欢呼。

任队拍了一下我肩膀，低声说："我女儿，喜欢这个歌手。以前我不明白这帮小年轻追星有什么意思，现在我好像有点明白了。让秋，你知道年轻应该什么样吗？"

我摇了摇头，任队长指着拿着牌子呐喊的年轻人说："为一件事，付出所有，挥洒精力、钱、时间。别问这件事值不值，犯不犯得上，这就是年轻。"

我想起中学时老张也对自己说过类似的话，但我知道现在自己不年轻了，我只是侥幸。

03

红毯迎接一个又一个歌手，尖叫、欢呼，沉下去又涌上来，起起落落，我一直低着头。过去的几年，我好像就在等这个时刻，现在如此之多的人和我分享这个瞬间，好像我的快乐显得微小，被众人淹没。

我越发觉得，我离许桥，越来越远了。

最大的欢呼声还是来了，她从车上下来，踩在一片尖叫声中却淡定自若，笑着和人群挥手，目光空洞，镁光不停照耀着她，像女神降临。她在红毯上优雅自信地前进，向两边的歌迷致意，然后又停下来，留给媒体拍照的时间，接着继续前进。

许桥走得越近，我越害怕，索性离开通道口，偷偷跑到人群后面去，然后隔着人墙远远地踮高脚，眺望着她。

人群和红毯之间还隔着一排媒体，我离得太远，没法看得具体，只能瞧见她的身形、轮廓。她走路的姿势没变，她的身材好像也没变，我想离得近点，看清楚些，于是往人群里挤，却又被弹回来。

我像一个入侵者，被不停蠕动的人群免疫一般排出去，只能站在人群后面。我想起小时候陪爷爷挤过的那次游行，队伍把爷爷拦在外面，无论他怎么努力，也挤不进去。

我远远地看着许桥在墙上签名，然后转身，面对着镜头微笑。主持人临时问了她几个问题，她的回答我没有听清，我就只是看着，一直耳鸣。

仪式快要结束时，任队长朝着我挥挥手，然后指着内场的方向，我马上明白了他的意思，朝着内场的方向跑去，路过任队时我大声说了句谢谢。被媒体围得水泄不通的内场通道，忽然多出一个口子，我径直穿过去，才发现猴子在媒体的这边一直帮我挡着。

演唱会内场通道是往后台的必经之路，只要进入通道，剩下的就只有工作人员。粉丝和歌迷都要在演唱会开始前，排队进入内场或在看台等待。

在许桥进入内场通道前，我先一步到了通道门口，像工作人员一样继续维持秩序，假装对一切漠不关心。

许桥转了个弯，朝着通道口走过来，越来越近，我再也听不见别的声音。人群在我面前手舞足蹈，我的余光里只有一个人。她越来越近，就在眼前，我只能侧着脸偷偷打量，她好像瘦了，又好像没有，好像我们从来就没有分开过，只是错过一个午饭的时间。

许桥走到我身边的那一刻，我也只是低着头，看见她的脚从左到右，直到她走远，都没有留意到我。而我始终也没有把头抬起来，只是不停地重复着被人群淹没的悄悄话，像熟稔的唠叨，自言自语。

人群跟着许桥走远，留下一地狼藉，我听见自己说："我好想你啊。"

[十八]… 秘密

01

事情发生后，许桥就被母亲带走了。离开学校前，她特意去找了老张，询问我的事，老张和她说我爸回来了，正在处理我的事，不用担心。老张也没有想到，这是他和许桥最后一次谈话。他本想安抚大家，先让事情平息，然后所有人再渐渐接受，一种老套的淡化处理，高考前他不想学生们再受到情绪影响。

许桥给老张留了一个联系方式，如果我回来，就把字条给我。然后就去了北京。上一次进京她还是患者，这次她只是来参加音乐艺考的学生，和其他怀揣理想来这的孩子一样。

母亲带着她租了个一居室，每天陪她考前冲刺，孩子们在教室里练声，母亲们在外面交流、爬墙，或者买午饭。许桥偶尔会在练声时偷偷看后门，模糊的人影贴在玻璃上，她觉得那是自己的养母，又觉得像别人，有几次她想走过去打开门看看，但都忍住了。

艺考班的老师是个很美的女人，接近白人的肤色，长得像混血，黑色长发，弹钢琴很有激情，节奏也非常好，但过于严肃。她说练声是声乐课最重要的部分，能找出每个人的问题在哪，不仅仅是和老师沟通，更重要的是你能根据自己的气息，和自己对话。

许桥又看了看后门玻璃，她发现玻璃上的影子不是别人，就是她自己，她一直被自己盯着，不停地问自己你在这做什么呢，你心里到底怎么想的。

从一开始她就知道自己的命运是依附，她本就不属于这个家庭。小心翼翼是习惯，余光也能观察脸色，比任何人都懂事，也比任何人都听话，对父母奉命唯谨，对身边人礼让谦逊，内向得像早就活了几十年，又脆弱得像刚见识这个世界。

父母说，带你离开是为了保护你，这是人生最关键的时刻，不能被外界影响。去北京吧，高考对于你多重要你知道吗？

许桥点点头，但是她心里明白，她的确不知道多重要，在之前活过的近二十年里，她早就知道自己无法参与未来的任何决断。她从山上掉落到城市后不敢再往前看，怕又被丢到什么地方去，是另一个城市，还是另外一群人。

但她明白自己真正在乎的人是谁，此刻最想和谁待在一起，谁能让她真正地快乐，没有警惕地放松，不需要讨好、克制，只是完全地放松。

她还是没有反抗，像一个客人。生活建立在流沙之上，努力清醒保持平衡，也疲惫地摇摇欲坠，她在梦里无数次决定，留在长春吧，不去未来了，留下来，等着我回来，然后和大家一起毕业、聚会、唱歌，去南湖划船，在净月公园骑整个下午的自行车。

但她没有，当养父母走进她的房间，她就已经整理好行李，准备去音乐学院报到了。动车上，她看着两边倒退的风景，想起当年火车驶入长春的景象，一觉醒来，过去的一切将她抛弃，父母、姐姐、木房子、河流、童谣。后来的她用了十年来熟悉这个城市，现在她又要离开了。

所有的希望都在老张手里的那张纸上，她紧紧握着包里的手机，那是她在养父母这唯一的秘密。

上了大学以后，所有人过上了另外一种生活，以往的目标消失，大家速度慢下来，然后走到不同的地方，建立新的生活，联系也渐渐微弱。猴子去当兵后很少有消息，项童全家移民了，隔着黑白颠倒的时差，不再有同个世界的感觉。高远只身去了上海，学了个自己不喜欢，但父母很看好的专业。

刚刚熟悉的朋友又散开了，许桥以为自己又会陷入以往的那种孤独，但她却意外地适应了大学生活。宿舍四个人每天朝夕相处，通过观察不同的习性与特点，许桥很容易就记住了她们。走出宿舍，在教学楼之间穿梭。大学和高中不同，每个宿舍都像是一个小团体，一个班里的同学也不需要完全认识，许多人的交情都是点到即止。

一个适合的界限，不用和谁都认识，也不用装作彼此不认识，都可以打招呼、微笑，甚至攀谈，然后再自然地走散。

许桥有时会坐在宿舍床上，看着窗外被雨打湿的叶子发呆，手里紧紧握着她从长春带来的那个旧手机。一个新的世界，真实又冷漠，却反而更适合自己。她有点难过，又有些侥幸，想为那些好像要失去的朋友使劲难过一次，证明自己不是因为长久的孤独而导致冷漠，她有时甚至接受不了自己这样快乐。

学院里除了上课，就是举办各种晚会和演出。一次演出后，许桥和同学们一起鞠躬谢幕，然后走下舞台，通过礼堂中间的过道离开。有人来送花，歌手们向所有掌声致意，许桥捧着花和观众席里的老师拥抱、交换眼神。老师贴在她耳边说，你唱得最自然，唯独你，没有“演”的痕迹，好像就生在台上，以前老师教你的？

许桥不知道怎么回答，只能微笑点头，谁教过自己呢？艺考班的老师？许桥知道不是，她只是教会了自己如何考试。歌手们在两边的掌声中继续离开，许桥低着头走，羞涩又自然。

好像忽然想起什么，她回头看着空空的舞台，已经暗淡的灯光若隐若现，好像幻觉一般。一群身着校服的少年站在台上，项童、高远、婕妤、木生、猴子，他们对着许桥笑，熟悉得像是从未分开过。

原来是你们啊。许桥仰起头，眼泪还是没有退回去，她昂着头走出礼堂，双手垂下，鲜花散落一地，像是缅怀先友的敬酒仪式，花瓣流淌了一路，变成她离开的痕迹。

是你们教会我的，是你们带我融入人群，站在聚光灯之下，鲜花和掌声都给你们吧。在月光照耀之下，回忆四散之时。

02

谁也不明白，为什么一个绿屏的诺基亚老手机有那么重要。许桥回到以前的宿舍地毯式地搜索了三遍，却还是空手而归。

同学说送她一个崭新的，她婉拒了，只有自己才明白，这个旧手机对她来说意味着什么。尽管这个手机在过去的三年里只响过几次，一只手都数得过来。除了打错的和推销的，只有一个电话接通后没有声音，许桥在这边一遍遍喊，是让秋吗？

电话忽然挂了，好像被名字恐吓了一般仓皇逃窜，连嘟嘟声都显得急促慌乱。许桥回拨过去，没有人接，每隔几分钟就打一次，她很着急，又有些兴奋，好像离过去的快乐越来越近了，但是电话却再也没有接通，后来变成了空号。

悬念像挂在眼前的胡萝卜，变成许桥前进的希望。她总以为，我会收到老张的那个字条，说不定哪天还会再联系她。直到大三，许桥和同宿舍的女生出来租房住，手机在搬家的过程中丢失，她才明确地感觉到自己和过去的连接被一刀斩断，整个人轻飘飘地走在路上，不知道要到哪里去。

升大四的暑假，同学们都开始为以后做打算，学音乐的可选的出路很少，歌舞团的待遇都不高，很多人去学校或培训机构当老师，有的准备出国留学，还有的去做助演驻唱。只有许桥不紧不慢地上课、写论文，偶尔接一些演出。一起租房的闺蜜问她，你怎么一点也不着急？不过话说回来，认识你这么久，除了那个旧手机，就没看你为什么事着急过。

有一次两个人演出回来，坐在家楼下的长椅上吃甜筒，这时的闺蜜正在和一个中关村卖电脑的小伙谈恋爱。

坐了一会儿闺蜜忽然说："两个人一起对未来发愁，和你自己一个人瞎琢磨，真不一样。"

许桥放下手中的甜筒，问："哪不一样？"

"你的所有都有人见证，即使你失败、跌倒，哪怕死去，也有人记得你的一切。除了你自己，还有人能证明，你曾经真实地在这个世界活过。"

奶油融化到手上，顺着指缝爬进去，钻到回忆的每一寸角落，黏稠的，湿润的。会不会在今后的某一天，在失去这个人很久以后，一切都被自己淡忘，同样，自己也会退出对方的人生。直到生活开个玩笑，不经意间你撞上某个场景，听见一样的名字，好像似曾相识，却再也想不起来，为什么如此熟悉。我们都会被彼此遗忘，那又是谁为我们见证呢，见证我们曾经真切地活过。

"许桥，想什么呢？"

"想起个人。"

"想他就去找他啊。"

"不知道他在哪啊？"

小区的路灯灭了，遛弯的人都已经回家，她们起身一起往回走，万家灯火里有几个客厅的电视放着娱乐节目，闺蜜无意间说："可以登个寻人启事嘛，或者上电视，上电视最有效果。"

在走进电梯之前，许桥驻足仰望对面玻璃反射的电视节目，如火如荼的选秀，媒体的报道，奇高的收视率，她握紧拳头，手心里擦拭奶油的纸攥成一个小团，像微弱的火苗，跃跃欲试，不为人知。许桥一直攥着，走进电梯，上升，万家灯火和车水马龙汇聚在一起，她看着窗外的夜景想，到底有多少人，可以在这个超级城市里重聚呢。

03

报名选秀是托了学院一个老师的关系。许桥从北京飞往上海，然后开始面试，试唱，一切都很顺利。有一天节目组的人让她去录制现场。

许桥懵懵懂懂地去了，现场还没有完全搭建好，舞台上的人忙忙碌碌，工作人员把她引到B区观众席。座位前面有四个背对舞台的转身座椅，她在网上看过国外类似的节目，导师都不知道选手是什么样，只能凭借声音选择学生。灯光一闪一灭，亮起时让人感到辉煌，熄灭后一切重回寂静。不同颜色的光打在许桥脸上，反射出同样的表情。

“会有很多人改变命运。”

背后有人说话，许桥回头，一个短发和蔼的中年女人站在她背后，这是她和欣姐第一次见面。

命运是什么样的？人什么时候知道命运会改变呢？许桥明白，她的命运从没有握在自己手里过，从家乡到城市，再到超级城市，她看见的只有流动的人群在选择中挣扎、迷失，时刻处在变化或因为改变而引起的焦虑中。

欣姐是这个选秀节目的投资人之一，也是其中一位女导师的姐姐，已经年过四十，但气色很好，像是没为什么发过愁的女人。好看的桃核眼和圆下巴，短发自然地松散垂落，刘海挡住一半的额头，脖子上有一块三角形的浅胎记，宽松白色T恤搭配牛仔裤，让人觉得亲近。

后来许桥才明白，欣姐说的改变，不是指你的人生触底反弹，飞上枝头。而是希望你明白，只要你走上这条路，接下来发生的一切，会完全超出你的想象。无论怎样准备，都没办法好好迎接，她能做的，也仅仅是提醒他们，这条路和想象中的不太一样。

欣姐告诉许桥，节目组看好的新人都会提前约谈，同意签约给主办方经纪公司的，就会在节目中崭露头角，不同意则被淘汰，连在电视上露一面的机会都没有。所以节目里能被曝光的，基本都已经签约。有没签约的也是关系户，被称为内推新人。许多没背景的新人都会选择暂时低头，签约节目组的经纪公司，然后在出名后又花很大的价钱解约。

今天找许桥来，就是想和她签约，她具备一个明星歌手的所有潜质，通透的嗓音，符合声音想象的干净外表。她现在只需要一个话题，就可以把她推向风口浪尖。

许桥几乎没有过多的犹豫，就答应了欣姐，爽快得让欣姐有些惊讶，甚至欣赏。

见过太多的新人和歌手以后，年轻的戒备和老练的城府都已经让欣姐疲惫，无论多么动人的天赋，她都要为之准备相同的阴谋。时间久了，一种机械式的麻木让她平静，开始觉得无趣、乏力，甚至自我放弃。

没有惊喜，也无须准备，谈判的你争我夺也是疲软的凶狠，连熟练都是一种折磨。

直到许桥毫不犹豫地在合同上签下自己的名字，欣姐觉得许桥单纯得有些可爱，和那些人都不一样。她开始心软，几乎是出于好意，又把合同里那些不平等的条件提示了一下。

许桥只是问："签了，就能上电视，被更多人看到，对吧？"

欣姐笑了，可真是个孩子啊。

"是的，签了就能被看到，而且我保证，我们的节目会比这个夏天更火热。"

说完这句话后，欣姐在许桥的眼中看见了更多的期待，她读不懂那是怎样的内容，不是兴奋，也看不见快乐，但那也不是担忧。欣姐几乎是带着这种疑惑下定了决心，她想让许桥成为这档节目的主话题之一，她想看看许桥的目的，和那双眼睛里的秘密。

签完合同后，欣姐就带着许桥去了传说中的“小黑屋”，为新人制造话题，编造故事的地方。小黑屋顾名思义非常封闭，只有一张长桌，两边坐着六个人，男女都有，桌子的尽头是散落的水笔和布满字的白板，那些绞尽脑汁的话题歪歪扭扭地挤在每一张海报旁边，不自然地依附着，看着就让人不舒服。

欣姐敲了几下白板，所有人望向她们，欣姐做了个介绍的手势说：“介绍我们这个夏天的主打之一，接下来就看各位的了。”

好像同样的话欣姐已经说过太多次，大家都已经习以为常，小黑屋的人并没有用焕然一新的目光去看许桥，只是一如既往地冷漠，然后机械式地鼓掌，像打量商品一样，从上到下打量她，接着开始计划如何包装，怎样定位。

像问孩子一样问许桥，除了唱歌，你还喜欢什么啊？你出生在什么家庭，你有什么不为人知的故事，比较特别的？惨一点也行，有话题就行，反响越大越好。

他们无须顾忌隐私、感受，只是要目的。像被人群围攻一样，许桥想起出走的山村，陌生的城市，客人一般的生活，所有人都是一样的面孔，她记不住谁，也不曾被谁记住。

“你的父母怎么样？”
“他们都很好。”
“生活得怎么样？”
“也很好。”
“你童年完整吗？”
“没什么可说的。”

小黑屋里沉默了一会儿，门外的走动声放大，沉默让这个夏天的热烈有了第一波衰弱。

欣姐走过去摸着许桥的手说：“我年轻的时候也怕被人看见过去，看见缺陷，我怕别人会用它攻击我。但后来我发现你越怕它被人知道，它越会成为你的弱点。只有它不再是秘密，才没办法再伤害你。”

许桥转过头，看见白板上最大的字是：话题等于传播。
然后目不斜视地说：“我脑子有问题。”

许桥说得异常平静，不再像第一次和别人坦白时那样脆弱，她好像明白了欣姐说的话，她还想起和同学们一起玩猜人的游戏。其实从那时开始，她就不怕了，因为在她心里已经有了更大的秘密。

[十九] … 哪怕月亮已经残破

01

录制完晋级赛刚走出演播厅，许桥还没来得及松口气，就在门口遇见了养父母。他们坐了几个小时的飞机，被节目组接到这，按照事先商量好的台词演一遍，然后等女儿出来，远远地看着她。像是看陌生人的目光，没有熟悉和亲切，没有走上前来拥抱她，也没有骄傲的神情，他们就站在原地，手足无措，好像隐藏多年的秘密终于公布于世，疑惑中也没有带着放松。

许桥也没有走过去，他们隔着走廊里挂着的许桥的大幅海报，粉色眼影，红唇，养母走过去摸了摸海报，又看了看眼前的孩子，眼眶湿润了：这是自己的孩子吗？那个连走路都低着头的女儿？

许桥走过去，温柔地看着养父母，像刚刚独立的年轻人一样，骄傲地拥抱他们。三口人抱在一起，却哭得越来越大声。养母也哭了，她感受到许桥的爱，不是报恩的眼泪，也不是偿还的好意，去掉所有养育的亏欠，只是发自内心的爱。终于能在孩子独立时，感受到她的爱了，努力二十年让她放下戒备。

养父母在上海玩了几天，还给许桥当后援团，举着海报坐在人群里。摄像机推进镜头，画面里一对老实的中年夫妇形象，舞台上女儿耀眼夺目，仿佛在世界的中心。许桥开始体验成为命运主人的感觉，她拿着麦克风，越来越自信，好像看见另外一个完整的自己正在走来。

02

歌手推广的最终目的就是商演，公司准备办个巡回演唱会，让签约的新人们一起，在中国走上小半圈。新人中最红的就是许桥，作为巡回团的主力，同时也是最受争议的歌手。欣姐亲自担任了许桥的经纪人，并且提议为她配单独的“保姆团”。

除了个人经纪，保姆团里还有司机、助理、造型师，甚至保镖，完全超过了一个新人该有的配备。事实上，一个已经成功的一线歌手，也很少有这样齐全的保姆团，但是欣姐执意要给许桥这样的配置，理由是许桥的定位就是“特殊”歌手，她的楚楚可怜需要有人鞍前马后，这样才符合她“失认”歌手的身份。

巡演不能到一个地方现找人，需要固定团队跟着。欣姐给任队打了个电话，任队犹豫了小半天，让猴子找我说了这件事。

“去不去你自己定吧，去就你和猴子一起，一个开车，一个保镖，不去咱们就找别的活，都是一样挣钱，犯不上把自己搭进去。”

最后一句我听得难受，任队也知道，现在的我和她差得太远了，什么都不可能了，我不能做白日梦，陷进去出不来。

我离开宿舍，从小区跑到公园，沿着湖边一直转圈。我从来没有迷路过，即使是只来过一次的城市，也能记住每条街道、胡同。过去我甚至渴望过迷失，在一个地方转圈，就留在那里慢慢熟悉。

后来我累了，蹲下来休息，猴子追上来，和我一起在湖边弯着腰喘气，等我们都喘匀了，猴子和我说：“之前我不想让你去，因为我知道你肯定会难受，原来好好在一起的人，现在怎么都够不着了。”

我摆摆手，不想再听他说。

猴子也摆摆手，继续说。

“但现在我不反对你了，一个人想要死心，肯定是自己了结自己。我试过这种滋味儿，我也有过，你一旦失去了这个人，她在你这所有的快乐都变成最痛的回忆，现在你要去刷新这些回忆了，我不拦着你，心里痒痒，你抓过了也还是痒，但你狠狠地痛一次，什么都解决了。让秋，所有的快乐都没什么好结局。快乐只有在到来之前，才是真的快乐。”

我喘匀了，站直了看着猴子，好像成年之后，我第一次认真地看自己最好的朋友，我们都和以前不一样了，满身烟味，一脸胡茬，蓬乱的头发，外扩的咬肌，和少年时相比面目全非。这才过了几年啊，他什么时候话这么多了。

汗水顺着眼角滑下来，有的流进了眼睛里。我一边揉眼睛，一边背对着猴子往回走。

我和他说：“小时候我和我爷爷最亲，我爸不在家，我妈也不知道去哪了，我怕我爷爷也不要我，我就总跟着他到处走，我爷爷就是我的快乐。后来我爷爷走了，变成一动不动的黑白照片，他再也不需要我了，我的快乐就没了。直到我遇见许桥，过去我爷爷给我的快乐忽然被替代了，我心里只有许桥，马上就忘了我爷爷，都没有一点犹豫。我爷爷活得特别苦，他连个可以怪罪的人都没有，我有时都不敢想他。猴子，每个人都是一样的，都是一边爱人，一边伤害人。我不怪任何人，我们都是不快乐的罪人。”

晚上我和猴子醉倒在卫生间里，我想起了我爸，一个每次回家都会喝得烂醉的货运司机，抱着马桶昏昏欲睡，像一条温顺的大狗。只有这时我才敢走过去抱抱他。

那天晚上，我抱着马桶吐了一夜，猴子躺在我旁边看着天花板上的灯，反复梦见从天坑底下升上来的那个夜晚，巴掌大的光亮，变成他逃不出的梦魇。

03

第二天一早，我们西装革履地拖着行李去报到。经纪公司地址在东城区东中街附近，路上很堵，我和猴子索性下车，拖着行李戴着墨镜步行，我们在大厦的前厅里等了一会，她们才出来。

欣姐走在前面，带着助理和许桥从楼上下来，朝着我们招了招手，然后一起走过来。欣姐闻到了我们身上浓重的酒味，微微皱眉，伸出一根食指强调："工作期间可不许喝酒，偶尔吸烟可以。"

我和猴子点头，但我们的目光都落在了欣姐身后不远处的许桥身上。许桥不再低着头，好奇而又陌生地看着我们，中间隔着失散的几年，不是第一次见面，却是我们的第一次对视。

欣姐长篇大论地交代工作，猴子的目光在许桥和欣姐身上不停切换，我却直直地看着许桥。墨镜为我打了很好的掩护，没人注意我在看着谁，我看着许桥的脸、手、脚，我想看她到底有多少改变，看了一会儿我又把脸别过去，怕别人发现我的状态不对。

欣姐终于说完了，所有人准备出发直接去机场。我还在愣神，猴子踢了我一脚，我这才反应过来，走过去想接下许桥手中的行李，就像一个仪式感，又要重新接过她的生活了。

但许桥没有松手，我的手尴尬地停在半空，许桥好像有些恍惚，她欲言又止，我身上的烟酒味让她微微皱眉，然后欠身，把行李递给了我。

欣姐走过来和许桥说，这是公司给你配的司机和保镖，小王当过兵，身手好，他负责你的人身安全。小马原来在汽车行业，负责给你开车拿行李。

许桥朝着猴子和我点头示意，我们也尴尬地回礼，就像是一场梦。

但这场梦，做得格外清醒，除了外出和商演，我们平时根本没机会交谈，她只跟欣姐和欧阳有些交流。在车上是我们离得最近的时候，她经常在车里睡觉，当艺人实在太累了，我就把车开得稳一些，也慢一些，尽量把时间拉长。有时我会在后视镜里看她，我会觉得这个人陌生，和回忆里的许桥一点也不一样，甚至怕眼前的这个人把过去的她夺走，有时甚至故意不去接触她，面对她。

我们一起去了南京、杭州、广州，每一场演唱会都空前火爆，还临时在深圳加办了一场。其他歌手都像是一个捆绑式的方案，他们坐在同样的保姆车里，统一听从指挥，只有许桥自己有单独的团队，她像一个例外或已经成名的歌手，享受着和资历不匹配的待遇。

不少新人不满意这种区别对待，也没办法再和许桥一起出入。在深圳加演时，后台经常是许桥一个人发呆，猴子和我远远站着，欣姐不停地打电话，刚刚大四的实习生助理焦头烂额地协调工作。

一个单独的小团队，想到这我笑了，和以前一样，格格不入的几个人，和谁都玩不到一块去。

猴子打了个斜眼看我，做了个吸烟的手势，往后门走去。欣姐电话越打越激动，站起来到处走，许桥也起身，走出后门不远，撞见正在吸烟的猴子，两个人有点尴尬，猴子急忙把烟掐掉，做了个抱歉的表情，许桥好像要说什么，又咽了回去，只能点点头，从他身边走过去。

音乐声很大，后门的空地好像一个闷鼓，被噪音填满，夜空里几颗星星在闪，许桥悠闲地散步，就像中学时一样。我忽然觉得这个时候的她特别接近我印象中的她，没有了闪光灯、欢呼和掌声，于是我想离她近点，就朝着空地去了，中途却被欣姐拦下来，她指了指我后面，示意我回去，不用跟着许桥。

我转身走到猴子旁边，从身上掏出一根烟，哆哆嗦嗦地点上，侧身靠墙站着。猴子在我旁边蹲下来说："明白了吧？你们现在根本不是一个世界的人，她摔了一群人接着呢，轮不到咱们。"

"我没想够着谁，我就想再多看看她，能帮她的时候，就帮她一把。"

"你以为你九年义务教育啊，你想默默护着她，这样付出不也是一种绑架吗？太无私的爱，对别人是伤害，对自己也是。你没什么能给她了，也不再被她需要了，所以你就想让她欠着你。"

我把烟踩灭了，远远地看了许桥一眼。我有点后悔来这了，还不如就一直隔着屏幕看她，也许不再见面，自己心里还能留有幻想，偶尔在脑海里勾勒出相见时的画面，是不是还和过去一样，脸上有标准的傻笑。

不用像现在一样，梦醒了以后，周围所有人都不停地对自己说："你够不着她，你让她自己待会儿。"

快点结束吧，我回到后台找了个地方坐下，松开衬衫领口的扣子，眼睛使劲地向上翻。快点结束这次行程，我就再也不见她了。

是怎么走到这一步的？从一起的放学路上，到今天的台上台下。

怎么能离她近点？和她相认吗？用一个无业游民的身份，还是伪装在职业态度里，悄悄对她好？

我甚至不知道许桥到底愿不愿意和我相认，她是不是早就把我给忘了，她还在意我吗？我不敢和她相认，是因为自卑？还是怕即使相认也不可能回到过去呢？

04

许桥回来了，工作人员帮她带好话筒耳麦，重新整理妆容，她深呼吸，大跨步走上台，在欢呼声中和观众打招呼。

春茧体育馆人声鼎沸，我悄悄离开后台，回到了车里蒙头睡过去。演唱会结束后观众陆续离场，有一些人提前堵在体育场后门，等着歌手出来。猴子给我打了个电话，但是汽车根本进不去，保安帮着强推开一条路，欣姐打头阵，许桥低着头，被猴子护着在刺耳的尖叫声中往外挤，困难地前行。

我坐在车里看着，没打算下去帮忙，只是看着他们被挤来挤去，在人群里碰撞。我想起第一次看许桥走红毯，在公司的第一次见面，我们已经是两个世界的人了，即使离得这么近，即使曾经那么亲密过。

他们终于挤到了车旁边，车门又被挡住了，猴子敲敲车窗，示意我帮帮忙，我犹豫了一下，打开双闪，鸣笛，打火。周围的人后退了一点，车门终于打开了，许桥第一个被塞进车，然后是欣姐，接着猴子才屁滚尿流地爬上副驾驶，保安帮着清理出一个口子，我开车缓缓驶出春茧体育场，往酒店方向径直而去。

晚上公司为艺人们准备了夜宵，新签约的歌手们围了一桌，许桥和实习生助理单独坐了一个小桌。欣姐端着酒杯来回走，感谢工作人员，鼓励新人，几杯酒下去脸上变颜变色，声音提高了几度，笑得大开大合，在每张桌子前游荡，和所有人都聊天。

我和猴子跟乐队人员坐一桌，也显得格格不入，周围人都聊得火热，我们俩狼吞虎咽，偶尔干杯一饮而尽，好像要用酒食转移视线。我当时只想喝醉，反正已经到酒店了。

可就算注意力不在那，耳朵也不受控制地朝着那个方向。实习生和许桥说："你吃点吧，中午就没怎么吃，这几天你都没好好吃饭？"

这时欣姐游荡到了猴子旁边，拿起一瓶酒给自己倒满，说了些场面话，大家一起碰杯，然后她坐下来和大伙寒暄，又拍着猴子的肩膀说："我和任队很早就认识，下面还有好多活，大家多联络。"

我没管他们，侧过身盯着许桥。有些工作人员趁着闲下来跑过去和许桥合影，还有经过酒店的人认出了她，也想来蹭张合影，更多人看向许桥，上菜的服务员也会往这多瞥一会儿。

其他的签约新人看不过去，故意把酒杯碰出声响，问点的菜怎么还不上来。服务员迅速回到工作中，没有人再往许桥那看。

欣姐又满饮一杯，看着正在给别人签名的许桥，感叹着说："唉，几个月前刚见我的时候，她还是个小丫头呢。"

然后她用一只手指敲打着杯沿，和乐队的人说："你们知道她第一次录节目的时候多逗吗？"

饭桌上的人都把脸凑过来，我也转身看着欣姐。

"导师转身了，问她，你为什么站在这个舞台上？她说，我想找个人，一个失散了很久的人，上电视可以帮我。当时导演下巴都掉了，后来节目组把这段掐了，重新录的，我一字一句教的她：我想成为一名歌手。她说得磕磕巴巴，节目组勉强用的这段。"

一桌人都笑了，猴子放下酒杯回过头看我，我一动不动地盯着手里的筷子，然后侧身看着许桥，猴子忽然在下面按住我的大腿。

欣姐又叹口气，饶有兴致地说："唉，可别管外界怎么骂她炒作，说她博同情，其实她上电视，还真不是为了能火。"

我掰开猴子的手，起身去了厨房，有酒店保安过来阻止，我说我就想要份菜谱。趁着保安去前台拿的工夫，我悄悄溜进了后厨，然后在工作间里换了身厨子的衣服，戴着口罩凑了些食材，在一个偏僻的炉灶前，开始干活。服务员进进出出，厨师们麻木地工作，没有人注意到我。

夜宵进入尾声，大堂无人问津的钢琴师还在用情弹奏，服务员把一份自己从来没上过的两道菜摆到许桥面前。坐在旁边的实习生感叹着：“好香啊。”

许桥只是微微皱了皱眉头，然后低头闻了一下，眼睛里闪过一道光，好像记起了什么。

酒后每个人都姿态诡异，吃得沟满壕平丑态百出。我躲在门后边，借着这些人的掩护，偷偷看着许桥。

她犹豫了一会儿，才慢慢拿起筷子，试探性地夹起一点凉粉，拌了些芝麻酱，小心翼翼送到嘴里，慢慢咀嚼，然后又尝了一点香辣肉丝，然后她大口地吃饭，肉丝和辣椒夹在一起送进嘴里。她和实习生说：“你知道吗？最正宗的香辣肉丝是先把肉炒好，红辣椒切丝，然后和肉拌在一起吃，那些青椒炒肉丝都不是正宗的。”实习生像是听了什么了不得的秘密，看着许桥，好像她从来没这么得意地介绍过什么。

许桥饶有兴致地点点头，却停下了手上的筷子，若有所思地想着什么。过了一会儿筷子忽然掉在瓷盘子上，发出清脆的声响。我看见许桥起身，伴着钢琴师的演奏，慌张地寻找着后厨的入口。服务生没有阻止，她就这样闯入后厨，在一顶顶白色的厨师帽间寻找，她抓住每个人仔细地看，脸贴着脸看，每个人都问，我离得远，听不见她问的什么，但是大家都认识她，她却不一定记得谁。

想到这，我开始觉得自己卑鄙，想要试验她，却又不敢走到她面前。

许桥嘴里还有没完全咽下的食物，伴着眼泪，流了一半出来。在一群人异样的目光中，她哭了，像丢了糖的小孩，找了一圈没结果，又跑回桌前端起菜走到厨房，举高了问是谁做的。

没有人回答她，有的厨师以为是菜出了问题，她不满意。有人偷偷去找了酒店经理，除了茫然的注视，她没有得到任何答案。

许桥就端着那道菜，不停地问。

欣姐冲进去，抱着许桥问，怎么了，这菜怎么了，许桥没有理欣姐，还是不停地问。我想起来在看守所时，何佩隆说过的那个表情，笑着哭，我现在也体会到了，但我不感动，也不同情自己，也不理解自己行为的卑鄙。

许桥被欣姐扶出了后厨，厨师们又恢复到忙碌的状态里，我换下白衣，回到大厅，坐到自己的饭桌前。许桥的位置已经空了，我四处看了看，一个观光电梯正在上升，不知道许桥在不在里面。

她是不是也在楼顶俯视过超级城市，她有没有想过我们会怎样重逢呢？她想过我现在变成什么样吗？电梯升到楼顶，窗外月色皎洁，我走出酒店，看着顶楼最先亮灯的房间，心里想着，许桥啊，其实这样也好，即使我们走在不同的路上，也能彼此照见，哪怕月亮已经残破，街道无迹可寻。

[二十] … 你会变成你爱的人

01

音乐圈宣传新人的基本流程是先曝光，打知名度，然后发唱片或者单曲，再给歌曲打榜，音乐Top100之类，发新闻，让各大新闻媒体二十四小时发，付费电台均价十几万，循环放你的歌，还可以上综艺节目蹭热度。一个歌手火与不火，属于几线，很大程度上由他的活跃度和曝光程度决定，商业运作的根本是在一定比例的投入上，在最短时间内有可观的收益。

投资一个新人，从出唱片，宣传，到做火，要一到两年的时间，大众有消化期，经纪公司会帮歌手制定路线、风格、达到预期目标之后的转型。新人签合同一般是五年、十年为一个单位，许桥上升得很快，出乎意料地摸到了新人需要付出很多才能摸到的那根线，但公司却总犯老毛病，想捞快钱，准备为许桥定个人演唱会。

但欣姐极力反对，理由是打乱了她对许桥的生涯规划。她已经把许桥推到一个千夫所指的位置上，做艺人，很大程度上来说就是做口碑，如果早期树敌太多，会让后期发展变得艰难。

许桥对这些事漠不关心，她全权交给了欣姐，每天听从安排，从来没有疑问。有时欣姐会好奇，她倒希望许桥能怀疑，为自己的利益讨价还价，或者要求更多，让她心安理得地因为许桥的警惕和怀疑而狠心，给她安排一条极致辉煌，却又极致孤独的路，这是自己擅长的方式，也是许桥自己的选择。

但恰恰是许桥的这种不在意，让她没有理由辜负，她甚至不知道怎样安排一条适合许桥的路。她有时还会想起自己的妹妹，也和许桥一般年纪时，自己是怎样为她准备的。希望她火，也希望她快乐，但在娱乐圈两全很难，你不能什么都想要。所以欣姐只能摸索着往前走，放缓速度一步步来，不再是把一个人送上去，然后眼睁睁看她下来。

公司里有人和欣姐唱反调，许桥现在火，说不定过段时间就不火了，趁着热乎劲，得把公司的投入先赚回来。双方僵持不下，最后的折中方案是先让许桥在各地的音乐节上多露脸，演唱会的事以后再说。

经过这一次，欣姐也累了，音乐节开始前，她带着许桥去了趟曼谷休假。在泰王宫旁边的庙里，求了一个鸟牌送给许桥，说唱歌时放在口袋里，能保佑你。

许桥掏出来摊在手掌里看，木质的小鸟模样，雕得很精致。早就听说音乐圈都挺迷信的，他们竭尽所能地保护自己，有人晚上含着梨片睡觉，有人养了许多鸟，还有更迷信的在喉咙下面埋了一根小金针，说不仅能让自己唱歌好，说话别人也爱听。好多艺人来泰国求神拜佛，在这方面大把花钱，把希望寄托在别处，然后自己侥幸地活。

许桥捏着鸟牌，趁着欣姐不注意，偷偷溜进庙里，跪在蒲团上，闭眼，双手合十，求家人平安，求朋友平安。然后一个人忽然闯进脑海，他穿着蓝白相间的校服，短毛寸头，干干净净的少年，许桥对这个身影无比熟悉，却怎么也看不清这张脸，但她不再那么迫切，只是心里一热。

对了，还有你呢，那就希望你也健康、平安。

许完愿后，许桥在金碧辉煌的庙里愣了一会儿。有披着橙色僧衣的少年模样的师父进出，走出寺庙，欣姐看着一个正在合影的游客家庭傻笑，幸福的三口之家。许桥没有走过去打扰欣姐，而是赤脚绕着宫殿散步，一边走，一边问自己，是什么时候开始的？不再焦急地寻找，不那么急切地想要见到对方，也没有那么着急要做的事了，对于生活，也没那么大的恐惧了。

好像过去的自己，让寻找变成了一根稻草，是挂在前进路上的胡萝卜，直到路上意外地收获了现在的一切。能完全依靠自己好好地活在这个世上，多年的紧张感得到缓解，也能停下来歇歇了，即使赤脚，也能闲庭信步地活着。想到这，许桥忽然明白，原来她想找到对方，只是为了找到自己的安全感。

为了追寻，她点燃火把照亮前面的路，然而火把的温暖和火光的迷离让她流连忘返，犹犹豫豫。最终在贪恋温暖与风景的过程中，火把燃烧殆尽，她失落又迷茫，而灼痛也让她忘记，当初为什么点亮火把。

02

回国后，欣姐找了猴子，想把接下来几个音乐节的活，也都包给我们。猴子不想接，但是我应了下来，猴子没辙，也跟着去了。正在公司里谈具体的细节，演唱会上那个实习生，忽然走到了欣姐旁边，对着我做了个抱歉的表情，然后低头和欣姐说了几句话。

当初的实习小姑娘已经毕业，转为正式员工，变成了许桥的执行经纪，说白了就是负责干活的。毕业像一个分水岭，迅速地成为大人，不动声色，穿着考究，半年工作下来，她变成了另外一个人，不再是卡着眼镜颠三倒四的菜鸟，而是化为人群中最常见的白领，火急火燎，千篇一律，但都有自己的故事。从这时候开始，大家不再对她呼来唤去，而是认真记住了她的名字，欧阳。

“现在欧阳都能面试别人了。”

欣姐调侃年轻人也带着欣慰的口气，就像她看待许桥一样。公司里的人一起给欧阳鼓掌，欧阳有点不好意思，拿着文件夹挡住脸，一边走一边解释说：“就让我找个新造型师，不是面试，大伙别笑我。”

我和猴子也跟着鼓掌，被激励的欧阳打开办公室的玻璃门，里面坐着一个化着浓妆的精致姑娘。玻璃门合上的那一刹那，姑娘侧过脸看见了我和猴子，我们短暂地对视了一下，我觉得很眼熟，但没多想，欣姐说了什么，我又把脸转回来。

工作都谈妥后，我和猴子一前一后刚走出大楼，听见身后有人叫我的名字，我错愕地回头，发现是刚才欧阳面试的那个女孩，好像是来应聘造型师的。

女孩几步走到我面前，直直地看着我，泪水在漂亮的眼睛里打转，纤细的手捂住了嘴。平复了一会儿后，她笑了，笑得梨花带雨。

猴子也有点懵，他以为我俩有故事，想自己先走开，留我们单独相处。于是从怀里掏出烟盒，和我比了个手势，打算去一边等着。

刚走出没几步，就被那个女孩拦下。

“你要去哪？”

说完，女孩后退一步，开始打量猴子：“王国俊你变胖了啊，不对，你是变壮了，发际线也后退了，胡子也不刮，像中年危机。”说完女孩又笑了起来。

我和猴子都愣在原地，一直看着女孩笑完，妆也哭花了。

她抽着鼻子慢慢平复情绪，深呼吸了一下，然后擦了擦脸，严肃地看着我们俩。

“是我，项童，我回来了。”

猴子手里的烟盒掉了，倒吸一口冷气，松了松衬衫的领口。我想说什么，又说不出，我和猴子也跟项童一样，前仰后合地边笑边哭，然后我们仨抱在一起。大楼门口不断有人进出路过我们，像河流路过几颗年迈的石头。

03

高中毕业后，项童很不情愿地和家人去了美国，定居在俄亥俄州东北部一个叫阿克伦的小城，从伊利湖往南约六十公里。在那儿项童还要继续念高中，拿到合格的成绩，才有可能申请大学。

黑白颠倒的生活让项童无法和过去同步，他这边刚刚起床，远在上海读大一的高远已经准备睡下。有时项童会在周末熬夜，他们在地球的两端视频，网络经常有延迟，两个人一起提问，又一起回答，聊不到一个节奏上，也还是互相看着。项童邀请高远暑假时来美国玩，高远在网络的另一端笑，然后画面卡住，接着下线，屏幕上反射出项童的脸。

后来的高远很少上线，有时项童会留言，高远也是草草回几句，后来便不再回复。有时等了一夜，高远也没出现，项童就不再睡觉，换好衣服出门跑步，一口气溜达几个街区。清晨的阿克伦看上去比夜晚还要荒废，街道残破，人烟稀少，北方的工业老城，有点像长春，又不那么像。城市植被环绕，空气清新，却也非常寂寞，有人甚至跑到另一个城市只为唱KTV。市中心也很小，开车三分钟就逛完了。

项童还被劫过一次，深夜回家的胡同里，一个扣着帽衫的黑人拦住他的去路。项童没有一点害怕，从容不迫地交出了钱包，黑人转身走了，他还留在原地，过了一会儿黑人折返回来说：“我送你从这出去吧，免得你再被抢。”

不知道出于怎样的信任，他跟着这个黑人往胡同外走，一前一后。小时候也有人抢他的东西，从玩具，到零食，然后总有一个看着上了年纪的孩子冲出来，帮他赶走所有坏人，从那时候开始，他的书包里每天都装满零食和玩具，希望那些坏人出现，然后自己被拯救，顺理成章地被高远从地上扶起来，拍拍身上的土说我没事，咱们去那边玩吧。

走出胡同后，项童还在想着小时候的事，黑人停下脚步，叫住项童说，接下来，你得自己走了。

项童回头，像和过去告别，他笑了，眼睛里含有泪。黑人小哥摘下帽衫的帽子，也笑了，眼睛和牙都白得透明，他把钱包丢还给项童，然后转身回到了自己的街区。

夜晚，项童回家的路上所有街灯都灭着，但只要他一接近，路灯马上又亮起，一盏接着一盏，像一场仪式，等他自己去长大的仪式。

阿克伦大学的外国留学生里，最多的就是亚洲学生，混在黄皮肤的人群里，项童的爸爸觉得他们不像刚来的“外地人”，他想项童也申请这个学校。

在上大学之前的那个暑假，项童觉得无聊，考完驾照后找了个份兼职，在洛迪站奥特莱斯店的一家高级化妆品店做兼职，离阿克伦只有30分钟的车程。每天项童兴高采烈地自己开车去上班，在各种各样的化妆品中游走，理直气壮地化妆打扮。

他还在店里认识了一个新朋友，翠西，一个本土黑人男孩。和他一样，从小喜欢热裤、首饰、口红，喜欢所有女生的东西，他们都觉得自己的身体里藏着一个女孩，等到四下无人时，他们身体内的女孩就会把自己占领，然后他们用尽所有秘密去打扮自己。

翠西带项童去吃川味轩中餐馆，还把项童带进自己的圈子，项童第一次接触到了变装团体，在那里他们互相欣赏、赞美。翠西就像是团体中的女王，把他们这些人聚集在一起，有时他们一起在翠西家喝醉，翠西的妈妈蕾哈娜会帮他们收拾残局。

有一次大伙都醉了，项童帮着蕾哈娜洗碗，他想开口聊点什么，但又不知道说些什么，蕾哈娜却先开口说："你知道吗？翠西很小的时候，我也怀疑过，是不是因为没有父亲的缘故，或许是我太忙了，忽略了他。但是每当化装舞会或者万圣节时，他打扮起来是那么开心。我心想去他妈的，开心就好了，我看见了，看见那时的他有多么幸福，我就不会管别的了，他是个好孩子，我知道。能做自己多难得啊，人不是总有机会的，放开点吧，孩子，我感觉到你有些担忧，但是别害怕，我看见了你们有多快乐，这比什么都重要。”

项童忽然就哭了，放下手中洗了一半的碗。蕾哈娜抱住他，拍打着他的肩膀安慰说，宝贝，一切都会好起来的，相信我，上帝会保佑你们。

那天回去的路上，项童想起自己的奶奶。五岁时，他穿着裙子在屋子里跑来跑去，家里人像看着一个笑话，只有奶奶说我们童童真好看。

初中时爸爸撞见项童化妆，追着项童打，化妆品散落一地，这时奶奶从轮椅上摔下来，父亲去扶奶奶，他才逃过一劫。晚上项童被父母锁在房间里，奶奶偷偷进来，把手伸到项童面前，掌心里躺着一支口红，原来奶奶是为了捡它才跌倒的。项童没接着，镜子里他的脸青一块紫一块，连带着掉得差不多的粉底，看起来狼狈极了，他再也没有打扮的心思。

奶奶拧开口红盖，递给项童，小声说：“文革的时候，我们被关起来，白天干活，洗脸的胰子都没有，可还是有女工拿火柴头当口红用，让自己显得好看一点。”

项童接过，给自己又画了一个红唇，和奶奶相视而笑。

后来，奶奶在上高中前的那个暑假去世了。葬礼那天，项童坐在货车后面，帮着挥洒一些奶奶的遗物，让她带着去另一边用。扔的都是一些日常用品，直到看见那支口红，他偷偷捡起来，紧紧攥在手里。

这支口红一直在项童的化妆包里，这个包被家人抢过，被高中同学偷过，但一直都留在他身边，陪着他来了美国。

决定手术那天，他和父母撒谎说假期要留在学校学习，然后他径直去了翠西家，蕾哈娜说她是最会保守秘密的人。在手术前，项童自己也打过不少激素，他的声音越来越细，在家人面前很少开口，即使说话，也尽量模仿过去的声音，他为此准备了很久，甚至忘记自己是要这个结果，还是要这个过程。

拆线后的恢复期，项童一直住在翠西家里。几个月后的一天，项童在房间里穿上裙子，化好妆，戴上假发，然后走到一楼，蕾哈娜和翠西惊讶的眼神和欢呼让他明白，他成功了。并不是很大的改动，只是眼睛和下巴，却让他看起来比过去更精致。他开口说话，就和女孩一模一样，他再也不用打激素了。

那天，项童就这样回了家，他拿出像沉睡了一个世纪的奶奶留给自己的口红，涂了一个漂亮的红唇，然后自信地走回家。路上有人朝他吹口哨，他目不斜视，自信极了，像个正在走秀的模特。

出人意料的是，那天项童的父亲并没有发火，平静地接受了这一切，像一个年迈失去力气的野兽，比猎物更让人唏嘘同情。仿佛多年的努力付之东流，他已无计可施。母亲也用眼泪面对了现实，但仍旧无法接受。

没有预想中的狂风暴雨，项童从家里走出来时，像瘪了的气球，毫无生气地立在街道上。

就如同蓄力已久的一拳打在空气里，闪了自己一个趔趄。还没来得及宣布，仪式就已经结束，没有经过撕心裂肺的对抗，也没有获得报复的快感，如此平静地接受，项童甚至觉得对不起过去这些年的隐忍。他再也没有来这里时的威风，像个因为失恋而落魄的女孩，眼影融化在眼泪里，淌下来，变成了小丑。

尽管翠西尽力挽留，项童还是搬走了，回到学校附近重新租了房子。从独居开始，项童每天都会照镜子很久，渐渐地他发现自己不认识镜子里的那个人，不再有蜕变的骄傲感，而是开始惶恐。为此他还去看了心理医生，活了二十多年，忽然变成了另外一个人，好像过去的自己死掉了一样。

项童害怕极了，没课的时候也留在学校里，尽量不让自己一个人待着，经常是自己坐在草坪上看书，盯着过往的行人。也试着交新朋友，慢慢主动，还认识了一个很聊得来的男生，叫史密斯。

自己一个人的时候，项童偶尔会想起史密斯，他不知道这是心动，还是寂寞，有时爱情也假借冬天之名。有一次他看见史密斯和一个特别漂亮的白人女孩在一起有说有笑，女孩美得很惊艳，站在阳光底下耀眼夺目。

项童没有因此而失落，反而像受了惊吓，仿佛马上就懂了为什么人们说美丽的少女，比一切美好的事物更摄人心魄。他忽然开始嫉妒，既爱她的美丽，又恨她太美丽，开始害怕被她的美丽轻易夺走自己可能拥有的一切。

其实项童明白，美女不止一个，很多很多。但是因为她是自己最想要成为的样子，所以最害怕她，那种天然纯粹的自卑，别人说再多的安慰也毫无意义，那是一种明知自己最想要，然后又明知这辈子不会得到的自卑。

他忽然就懂了，过去以为身体变了，一切就都变了。但现实却是，你的心里永远不会有那种女孩自带的原始的骄傲。加工出来的美丽和天生的美丽，是不同的。

项童说，人生每个阶段夹杂着的快乐和痛苦，是合并在一起的，如果不想要那些痛苦也就不会有那些快乐。脱离痛苦的快乐，就像喝脱脂牛奶无糖可乐一样，你以为自己在喝牛奶，以为自己在喝可乐。其实都没有。没有真的完全脱离痛苦的快乐，只是有时我们不懂它的代价。

04

大四时，项童开始休学，离开阿克伦回到了中国。他先去了一趟附中，巧合般地避开了所有熟悉的老师，除了看门的老白。项童本以为老白认不出他，或者一脸惊讶，但老白只是对他笑，好像早就知道有这么一天。

走在学校里，他开始想念高远，试着在还联系的同学中打听高远的消息。他没想给高远一个惊喜，只是想知道他现在在哪，在上海，还是在其他地方？

后来有同学告诉他，高远病了，而且病得很重，更讽刺的是高远的父母本身就是医生。同学说，那段时间他们去看了高远，虚弱得像个透明人，仿佛快要从这个世界消失了。

后来高远去了北京治疗，再也没有人能联系上他。项童打听了很多人，都没有高远的消息，于是他回到原来曾经一起居住的小区，居然巧合般地在大街上捡到了高远的小二寸照片，他忽然想起这里的人有挥洒遗物的习惯。项童恍惚间觉得高远真的走了，不敢相信，他不能走得这么安静，这么无声无息，这么畏首畏尾。

项童捏着那张小二寸照片愣在原地，小区里走出两个穿着附中校服的学生，一个胖胖的男生走在前面，两步一回头，后面跟着个瘦瘦小小的男生，一跑一颠地说：“你等等我啊。”

项童就站在原地，看着他们一点点走远。

05

项童把高远的那张小二寸，递给我和猴子，我们俩接过去端详。

项童说：“你看，照片还是旧的，都不知道他现在变成什么样。很久之前，我以为我俩肯定能一直在一起，怎样的关系都行，但没有什么是理所当然的，我们都是被现实照耀着蒸发到时间里，然后以自己无法控制的命运像雨水般落下来，最后分道扬镳，谁也看不见谁。”

我捏着高远的二寸照片，一时想起很多人，忽然觉得照片很重，就放在了桌子上，此时好像四个人都坐在这儿了。

“我们几个又聚在一起了。”

项童说完就笑了，他笑得特别好看，好像这才是他本来的样子。

后来项童在网上看见了许桥的新闻，也看见了很多许桥的负面评价，说她博同情，有后台，喜欢炒作等等。一气之下就来了北京，误打误撞来了许桥的经纪公司面试造型师。

“因为自己受过欺负，所以看见别人受欺负，也一定要站出来。以前高远就这样，见不得别人受欺负，虽然我不算什么，但我觉得许桥可能需要我。有时候我觉得我越来越像高远了，你会变成你爱的人，一模一样。”

我点点头，我也懂那种感觉。对方爱你的样子，和你在一起的样子，甚至是伤害你，离开你的样子，最终都会变成你。

[二十一]… 名字是最不重要的

01

许桥的第一次音乐节之旅是在成都，主办方准备得很匆忙，许多事都没安排妥当，排练时间和酒店都临时更改。酒店里住着很多艺人，有的喜欢打麻将，拽着经纪助理搓到半夜，有的艺人自己带着跑步机来，还必须给跑步机开个房，一系列趣闻在圈里传播。

许桥恰恰相反，什么要求都没有，像个普通的游客。她越是这样，欣姐越觉得要给她更多，于是团队又壮大了，这次音乐节除了我、猴子、执行经纪欧阳，项童也来了。

我有几次都想问项童，为什么欣姐会雇佣他，但我又觉得这么问不太好。项童好像看出了我和猴子的好奇，他和我们说，第一天面试的时候他就坦白了，欣姐吓了一跳，好奇地问了几个和化妆一点关系都没有的问题，比如为什么这么打扮，什么时候开始发现自己这样的。聊完了想法又聊了聊经历，之后就敲定先让他试试。

项童自己也好奇，怎么不问问专业方面的问题。

欣姐说你都把自己从男的变成女的了，造型方面还需要我担心吗。

我们到了当地酒店办理入住时，前台拿着项童的美国护照不知道该叫女士，还是叫先生，项童装作搞不清楚状况的外宾，我和猴子蹲在一边有说有笑地看热闹。

许桥在不远处看着我们，用一丝羡慕的眼神，就像幼儿园不合群的孩子，想融入集体一样。

第一次给许桥化妆，是在音乐节前一天的排练，像要准备一个仪式，项童无从下手，毫无头绪。之前相处的几天，他不太敢仔细看许桥，好像一看见她，就会瞧见过去的日子，忍不住会哭出来。眼下到了必须化妆的时候，自己准备了一夜的情绪，还梦见了高远，他回来了，拽着自己的胳膊说，你现在很好。

项童低头独自念叨着，好什么啊，没有你，怎么好都算不上好。一抬头，高远没了，代替的是阿克伦笔直而又荒凉的马路，他自己往前走，累醒了。

起来洗了个脸，然后给自己化妆，对着镜子辨认自己一会，想着梦里高远那句，你现在很好。

好什么啊，我自己都不认识我自己了，你还认识呢？

拿着工作箱到造型室开始准备，来得太早，屋里一个人都没有，不慌不忙地把工具摆好，要用的化妆品也整理齐整，偶尔看一眼镜子里的自己，好像忽然就不慌张了，不再怕面对许桥了。

项童放下手上的活，坐下来，他想问自己为什么忽然淡定了，右手抱着左臂，想起梦里高远拽着自己。

原来是因为你，在梦里见过了，现实里也没那么怕了。

许桥走进造型室的时候，别人都手忙脚乱，但她的造型师格外淡定。他们彼此点头示意，然后许桥坐下来，项童站在她后面，一起看着化妆镜。

项童忽然感慨说："你一点都没变。"

"我们以前见过？"

"啊，我的意思是，你和电视里一样，素颜也好看。"

许桥有点害羞，笑着道谢。项童看着镜子里素颜的许桥，他明白，这不是化个妆这么简单，他要面对自己的过去，然后装点它。

他先帮许桥选了上衣，白色翻领衬衫，把下摆多余的部分系在一起，黑色长裤，微微挡住高跟鞋。然后整理许桥的长发，梳成马尾，最后才开始化妆。

整个过程一直到结束，许桥一直盯着镜子里的自己，她觉得别人给自己化妆，都是推着自己往前走，要与众不同，要到时代的前面。今天的造型师却拽着自己往回走。她好像一下年轻了不少，又好像从来都没变过。

结束后，项童问：“好了，觉得怎么样？”

“谢谢，感觉是自己，又不是。”

“有时候我们都觉得自己变了，其实是我们从没有好好认识过自己。”

许桥听得一愣，直直地看着自己的造型师，这时门口有人叫许桥，准备候场。

项童笑了，“人啊，无论穿什么样的衣服，化什么样的妆，有多大变化，都不要忘了自己原来是什么样。去吧，让他们见识真正的你。”

许桥起身，慢慢往外走，边走边回头，有熟悉的感觉，却又怎么都描绘不清楚。

项童就站在原地看着她走远，走到门外，然后长舒一口气。泪水在他的眼睛里打转，他在心里默默念叨着高远啊高远，你要保佑她啊。

02

我和猴子走在前面，旁边是欧阳，许桥跟着我们，恍惚着走到后台。她路过的每一块玻璃，能反光的东西，她都要从里面好好瞧瞧自己。

多数人彩排都是走走过场，试试音效之类，有很多大牌甚至缺席排练。但许桥那天完整地表演了几首歌，发挥格外好，不知为什么，她总觉得自己要对得起今天的造型，场控朝着她一直竖大拇指，她没在意，好像体内另外一个自己在替她发声。

音乐节开始当天现场很混乱，人声鼎沸，有许多歌手的现场并没有之前排练的好，还有歌迷闹事，保安没怎么好好维持秩序，而是私底下卖门票、手环挣钱。

夜幕降临时，现场的歌迷还是自发组织场地活动，有人被举起来传递，从人群的这边举向那边，也有一小撮人围在一起转圈圈，组成贪吃蛇。

我守在舞台旁边，下一个就是许桥了，不能松懈，我警觉地巡视着周围环境。猴子在舞台的另一边，掏出烟盒又放回去，使劲吸吸鼻子，也努力打起精神。这是许桥第一次参加音乐节，现场还如此混乱，我和猴子都不敢马虎。

在许桥候场时，项童悄悄离开造型室，走到了观众席里。一路借过也没办法蹭到前面，很多等着看许桥的人早早就在这了，他们为自己喜欢的歌手匍匐了太久，不会把位置拱手让人。项童只能站在后面，踮脚等着许桥。

等了很久终于到许桥了，压轴歌手迎来了全场最大的欢呼声。白衬衫长马尾，许桥就这样上来，自然大方，和所有人打招呼，歌迷们回应，一切顺利，和预想中的一样。

就在表演即将开始时，灯忽然灭了，音响失声，整个音乐节场地一片黑暗，只剩下恐慌的尖叫和嘘声。欧阳朝着对讲喊了几声，没有人应答，她跑到场控身边问怎么回事，场控告诉他说主办方没给场地提供方结钱，所以人家把闸给拉了，欧阳瘫坐在地上，一时间不知道怎么办。场控告诉她主办方正在沟通，应该不需要多久，还说这事很常见，等她多经历就好了。

欧阳苦笑，我家艺人还在台上呢。想到这欧阳站起来冲着舞台跑去，熙攘的人群减缓了她的速度，等她焦急万分地冲到舞台边上时，发现许桥的台下没有人吵闹，大家只是静静地等待，等着灯光亮起的那一刻。有人喊着许桥的名字，也有人表白，声音起起落落，只剩许桥自己站在舞台中间不知所措。

尽管没有任何混乱，我站在舞台边上还是丝毫不敢松懈，项童走到了我旁边依靠着舞台，猴子朝着我比了一个手势，我没明白什么意思，项童看了一眼猴子，然后对我说，他让你唱歌。

我没明白，这个时候唱什么歌，项童看着我说："你怎么这么笨呢。"

说完项童开始轻轻哼唱许桥的《望北》，我这才明白过来，于是也跟着哼起来，猴子在另一边也开始唱，接着有更多的人跟着我唱，一个带动着一个，然后人群开始合唱。舞台前全是歌声，连成一片，歌声四溢出现场，路过的人好像听见了浩大的年轻，他们都停下来看着音乐节上方的天空。

许桥站在沉默的麦克风前，好像一切都回来了，我们攒钱听演唱会的那个暑假，在那个停电的现场，我们还都在一起的日子里，她穿着白衬衫，梳着长马尾，泪眼朦胧地站在这。

03

大合唱这件事公司用了最大力度去炒作，意外变成了浪潮，视频在各大网站疯转，许桥再一次站在了风口浪尖，有人说克制的歌手自然有克制的粉丝，也有人说这才是真正的不插电音乐节。公司还为此准备了庆功宴，包了一个酒店的大厅，喝酒、吃自助、聊天，所有人都参加了。

我和猴子也去了，但是和公司的人格格不入，项童被两个男人围着，他绕了几圈想躲开，还是被人追着，只能过去搀着猴子的手往外走，出去躲躲。我看着哭笑不得，一转身，发现许桥就在自己身后。

我一时间不知所措，她是不经意走到这的，还是来找我？

我心里特别乱，一边希望能和她说话，一边劝自己别瞎想了，人家没事找你干吗？可酒店这么大，怎么就这么巧在这呢？我手足无措，只能斜对着许桥，目光七零八落。

这时许桥却走到我旁边，犹豫了一下，说："谢谢你，欧阳和我说了，是你带头唱的。"

我摆摆手，想说不是我，或者其他的，但我一句也说不出来，只能低头，沉默地笑。

许桥也低下头，用一种非常抱歉的语气说："我能分得清你们是谁，你头发长点，你搭档是短发，你们俩身上都有烟味，我认识，但我好像还不知道你们叫什么。"

"你就叫我小马吧。"

"那你搭档呢？"

"啊，你就叫他小王吧。"

许桥愣了一下，捂着嘴笑了，我也跟着笑了，我没想讲笑话，但我又觉得这个笑话来得及时。

就像高中时我们坐在一起，我给学校的人都起了外号，让许桥笑着记住所有人的特征，好方便她辨认。我想念那些时刻，现在就像是一遍遍温习过去的快乐，我再也没办法拥有，却不择手段珍惜。

笑完之后我们又陷入了沉默，还是许桥先开口说："不好意思啊，挺没礼貌的，你们帮我这么久，才来问你们叫什么。我不是不在意，我是不太敢去记，怕自己过后又忘了。"

说完以后，她就低下了头，我好像又看见了她的软弱，和过去一模一样。刚才我还不知道要和她聊些什么，可现在我忽然有很多话想说。

"没事，其实名字是最不重要的，你知道我那个搭档吧，我们认识很多年了，后来我只记得他外号，我也忘了他大名叫什么。而且有时候不一定是你忘了，或许那些碎片已经快走到嘴边了，它们只是迷路了。人不能选择自己记住什么，忘记什么，记忆都是很任性的。”

许桥直直地看着我，好像在回味刚才我说的，我有点不知所措。这时候欣姐端着酒杯走了过来，饶有兴致地看着我和许桥。

我尴尬地朝着欣姐点头示意，自己走开了。欣姐走到许桥面前，戏谑地问：“聊什么那么专注？怎么看见我，他还走了。”

“我就是谢谢他帮我，话没说完人就让你吓跑了。”

“他们这种人，本来就戒备森严的。这小伙子挺不错，只是利用保镖这个身份消遣，就可惜了。”

“经纪公司老板怂恿自己家艺人有小秘密的，你也是头一号了。”

“人活着哪能没点自己的事啊？艺人也是人，你不给他隐私，不给他尊严，只给他压力，人是会疯的。”

许桥看着欣姐，又感受到了莫名的重逢，此时此刻感觉好像在哪发生过同样的事，一时怎么也想不起来。

欣姐说：“哎，你们确实差挺多，但这也没办法。大多数男人生下来就被教育奋斗，无论他们起点多低，也会时刻警惕。可女人生下来，却时刻被教育着要找个好依靠，这事就像赌博，风险太大，远没有奋斗踏实容易。后来很多男人就走得越来越高，很多女人越赌越输，等明白过来任何事只能靠自己时，一切都完了，她的自信、年轻，还有决心，都在赌局中耗光了。”

许桥挽起欣姐的手说：“这就是女强人到现在也没有结婚的原因吗？”

欣姐仰着头笑了，像看待妹妹一样看着许桥。

“原因我也是后来才发现，其实生活坐庄，只有它赢了，通吃所有人，我，他，我们都输了。”

这时候酒店响起音乐，男士们纷纷邀请女士跳舞，一个戴着金丝边眼镜的中年男人过来邀请欣姐，欣姐把酒杯放到一边，然后回头和许桥说：“亲爱的你看，生活就像游行，贵族身在其中，乞丐也可以加入，没有玫瑰能够幸免。”

说完欣姐就去跳舞了，许桥拿着酒站在原地，看着巨大的舞池，每个人都像一枚骰子，碰撞来回，变幻出复杂或者简单的表情。有时许桥记不住他们的模样，只能辨认他们的表情，他们都有很多面，和生活这个庄家碰撞后变成另一个样子，他们当初知道自己会变成这样吗？还是他们早就已经失去了对自己的认识。

04

因为音乐节的成功，许桥收到了来自全国各地的商演邀约，类型多种多样，主办方也千奇百怪，除了音乐节和演唱会，还有企业年庆，甚至生日宴会。

公司有目的性地接了一批，我、欧阳，还有猴子始终跟着许桥，在各地到处跑。有时主办方也过于热情，演唱会完了还会邀约艺人喝酒践行，这种情况都会被欧阳推掉，主办方不依，我和猴子就站在许桥门口挡人，一来二去也少了很多麻烦。

年末的时候，公司接了长春的两个商演，一个是企业的年庆演出，还有一个是音乐节演出。客户出手很大方，许桥也想回去看看，在家乡演出对她来说是第一次。

项童听说回长春，也跟着来了，说是义务帮忙。去往长春的飞机上，除了欧阳，我们好像都有自己的心事，都在回忆着自己离开这的过程，如今我们居然一起回来了。

到长春已经是中午，走出龙嘉机场，许桥踩到雪上，动听的咯吱声，让她有种回家的感觉。她一直在上面走，雪白的平原上留下了一排脚印。

第一场演出在当天晚上，是企业的年庆，很顺利，家乡人给了许桥最大声的欢呼和热情。演出结束后已经接近凌晨，主办方一再邀请许桥去酒吧参加庆功宴，许桥推诿着不去。我们回了酒店，但客户的人一直追到了酒店房门口，我和猴子在门口跟对方争执起来，就差动手了。

许桥在屋里穿好衣服，开门和我说：“就去坐会儿吧，反正我还没去过长春的酒吧呢。”

我默许了，和猴子一起，跟在许桥身后。我们坐车到了一个叫六月花的酒吧，离得很远就能听见蹦迪的音乐声，等我们刚一进门，DJ就在台上喊：“欢迎知名歌手许桥今晚来到我们酒吧！”全场欢呼，我知道这是被算计了，所有人都看向我们，鼓掌、尖叫。

有人把麦克风递给许桥，我们不知道如何是好，上吧，不合适，不上吧，又尴尬。

客户里有个笑面虎，穿着个背带裤，挺着大肚子夹着烟嬉皮笑脸地走过来，一咧嘴肥肉把眼睛都挤没了，一脸坏笑地说：“我们许桥不会不给面子吧，以后还要多多合作的。”

许桥有点为难地接过麦克风，她刚想上台，我把麦克风夺了过去，当着整个酒吧的面，扔还给笑面虎，我说：“如果是演出，请和公司联系，如果不是，恕不奉陪。”

说完我们转身想走，出口被人拦住，我知道事情不妙，和猴子使了个眼神。于是猴子开始打量周围的人，在心里盘算，谁离自己最近，谁过来需要几步，谁看着最能打，等这一圈看完了，笑面虎又说：“许桥不唱可以，但要是不唱的话，今天可得多喝几杯了。”

许桥好像特别怕给我们添麻烦，她找到最近的酒保，拿了一瓶百威，却又被猴子夺过去了，他喝了一半递给我，我打量了周围一圈人，举起剩下的半瓶说：“客户就是上帝。”

然后一饮而尽，笑面虎抽了一口烟，回头喊再来两箱。还没等他说完话，我把手上的啤酒瓶拍碎，指着所有人，猴子冲向门口，将看门的直接放倒，有一个冲上来的打手被我用啤酒瓶划伤了，之后再没人敢靠近，我们在一片尖叫声和打砸声中逃离了酒吧。

路上我们一边跑一边回头看，许桥开始是害怕，后来好像忽然变得兴奋，不知不觉地开始笑起来，我不知道她在笑什么，只知道在这片熟悉的土地上，我们曾经干过很多类似的事，被人追着在街道里来回跑，也是因为唱歌这件事，差点和别人打在一起。她好像再次回到过去那些快乐的日子里。

我胡思乱想，没有好好看路，导致我们仨跑进了一个死胡同，前面没路了，只有一面光秃秃的墙。

这时笑面虎的人已经追了过来，挡住了胡同口，好在堵住路的人不多，只有四个。我示意许桥退后，然后和猴子说：“一人俩，老规矩，谁慢谁请客。”

猴子说：“大冬天的，还得在外面动手，你不是对长春的路滚瓜烂熟么？也会迷路啊？”

“这片改建了，和咱们小时候不一样。”

我和猴子说这些的时候，只顾着眼前的敌人，完全忘了许桥就在我们身后。

猴子率先朝着胡同口冲了过去，主动出击。我习惯性地摸了摸受过伤的左手腕，冬天室外的天气让人格外僵硬，我甩了甩手，还是不顾一切地冲了过去。

但我没想到的是，一个我从来没有注意过的习惯，被身后的人看得一清二楚。

05

许桥听见我和猴子的对话先是一愣，这两个人也是长春的？也在这长大，熟悉这里的每一个街道？

她站在后面，疑问已经到了嘴边，但也只能等一切结束。她攥紧拳头，视线从胡同口向他们走来的人，挪到眼前的两个人身上，仔细地打量着两个人的背影模样，一个人率先冲过去，而另一个人，揉了揉自己的手腕，也冲了过去。

许桥觉得这个动作特别熟悉，忽然，她的记忆像被撞击了一样，恍惚间不敢确认刚才的那一幕是否真的发生过。回忆里忽然出现一个人，他在打架前也习惯摸自己的手腕，也对长春的街道一清二楚。

许桥颤抖着呼出哈气，像喷出一阵雾，滴落在雪上。她摸了摸地上的雪，冷热交替，是真实的。

她放心地站起来，看着前面的两个人和对方打成一片，像重逢一场久违的梦，也像一块拼图。那个少年的样子，在她的脑海里渐渐清晰起来。

[二十二]… 重逢

01

从那个胡同出来后，我们跑了一会儿，确定甩开那群人后，就开始漫无目的地闲逛。也是这时候，我发现许桥好像有点不对，她每走一段路，就要仔细打量我和猴子一会儿。

她看得我发毛，我躲闪着她的目光，好像她有所察觉一样，有时我也会跟着她一起打量猴子，打量自己。我身上烟味浓重，头发长而油腻，已经有些虚胖，总是睡眼蒙眬。猴子短发干练，走路坐姿极其标准，像电影里出来的人。

她看了一会儿我们，摇了摇头，像是否定了自己的怀疑。

后来许桥回了她长春的家，和父母待了一天，我们打车回了酒店。第二天早上我和猴子来接许桥，准备晚上的第二场演出。

又到冬天了，许桥家的小区里重新挂上了红灯笼，雪地里有人进进出出，我对这轻车熟路，走到许桥家楼下，想了想觉得不对，又回到门口去等。

许桥出来了，快走到小区门口的时候停下来，看着我和猴子，什么都没说，好像她心里有疑问，但又怕这疑问引着自己往那走，最后以失望告终，就像那一晚的香辣肉丝一样。

我们开车到了演出的体育场，彩排结束后，项童又给许桥重新补了一次妆。演出开始前的闲暇，许桥开始回想，自己好像已经习惯了新的一切，而这时候现实又以一种方式来唤醒她的记忆，她不知道自己是该继续寻找好，还是顺其自然。

有时想想，现在也挺好的，不用一直抓着过去不放，可为什么总喜欢想以前的事呢？或许是不敢相信自己曾经拥有过那么快乐的时光，总是要拼命回忆才能得以确信，而这种回忆总是怂恿她去寻找，好像找到了，快乐也会接踵而来。其实自己也明白，就算人找到了，过去的日子也永远无法复制，他们可能已经变成不再能相认的人，也不见得能在一起，她只是想确认，自己曾经被珍视过，是对方最重要的人，在自己寻找他的时候，他是不是也是在找自己。

02

演出开始前，欧阳忽然跑到化妆间门口和猴子说，她看见前天第一场演出的客户了，那个肥头大耳的老板，带着不少人来，好像要闹事。

许桥走到门口问欧阳，出事了吗？

我抢着说没事，我们聊点安保的事，说完我把门关上，留许桥一个人在屋里。项童也过来和我说，演出已经开始了，马上就轮到许桥了，他们该不会是想那个时候闹事，不让许桥上台吧。

我和欧阳说，一会儿等到许桥上台，你就和她说都解决了，让她放心，其他的你什么都不用管。欧阳点点头，面色忧虑，但她知道保证艺人安全和演出正常都是第一位的。

等到许桥上场的时候，欧阳很配合，脸上挂着放心的笑容，还没等许桥回话，就搀着许桥往后台走，准备候场。

从化妆间到后台要经过两道门，一个是化妆间出来到体育场上的一段路，还有一道是进入后台候场通道的门。许桥刚进到后台，我就转身和项童说："你待在后台吧，和欧阳一起，在里面把门锁死，别出来。"

项童说："让秋，你知道我活到现在，什么时候最快乐么？就是高中和你们在一起，有陪伴，有朋友，我记得高远、你、猴子、木生，你们背着我、许桥、婕妤，一大帮人的样子，我想要再活一次。"

我和猴子都愣住了，然后狠心把门锁上。这时候我再一次确信我的所作所为，其实都是为了我自己，我从未考虑过别人，无论是许桥、猴子，还是项童。其实我们每个人都是在寻找自己失去的东西，即使知道那是徒劳，但不去奋力一搏，人生又有什么意思呢。

我们仨刚走到体育场通道的门口，那群人出现了，肥头大耳的胖老板一看见我们，身上的肉就颤了起来，他一挥手，身后的人朝着我们冲了过来，每个人都面露凶恶。我觉得他们看上去比我中学时还要愤怒，那么可怜，都应该被同情，他们的目的和我一样吗？也想挥出去的每一拳，都能打在自己身上。

如果是，那就来吧。我咆哮着，没有冲过去，而是站稳了位置，附中小队堵在门口，不为任何人，只为守护自己的过去。伴着许桥的歌声，我们倒下，又站起来，不停地挥拳，呐喊，那天没有一个人能通过我们走到后台。

许桥的第二场演出同样顺利，她从舞台上下来后，欧阳按照我的交代，带着她走了另外一条被主办方封掉的通道离开。警察来的时候，发现体育场通道口躺着好多人，倚着门靠着的两男一女，身上全是血。

项童掉了一颗牙，化妆品散落一地，他捡起口红重新补了一个妆，然后拿起镜子照了照，好在没有被毁容。猴子肋骨折了一根，一摸腹部就疼，我眼眶开了，血滴滴答答往下渗，身上其他地方已经没了知觉。当我们仨一起对上警察震惊的表情时，我们笑得比哭还难看，哀嚎带着哭腔，但我们那么开心，就像人生从头开始一样。

03

欧阳接到消息的时候吓了一跳，警察要她去医院赎人，她还没弄明白怎么回事的时候，事情就已经露馅了，于是许桥也跟着来了医院。

她们到医院的时候，我刚缝合好伤口，项童也止住了血，正准备去拍片，看看整形过的地方有没有问题。猴子吃了止痛药，被医生带去加固定了。

警察把我们隔离开了挨个盘问，欧阳也没能见到我们，警察询问了事情经过，然后在病房门口找欧阳要了三个人的资料，欧阳从包里把我们仨的证件复印件交给了警察，然后和许桥一起在走廊里等消息。

过了一会儿两个警察开始嘀咕，然后一个进到里屋问我，你是马小军？

我知道事情不妙，只能尴尬地点头，警察看了看我的伤说，看你也没啥事了，和我们走一趟吧。我强忍着疼痛站起来，一个小民警过来扶我，看样子和我年纪差不多，好像比我还小一些，我忽然想起在看守所接我的那个小狱警。

走出病房时，许桥和欧阳正好在走廊的塑料椅上坐着，看见警察带着我出来，她们俩站起来，没说话。一个警察搀着我，好像我被逮捕了一样，我们就这样路过许桥和欧阳，没有任何交流。

许桥一直看着我，我也和她对视了一下，然后把头低下去，走出了医院。

欧阳问后面的警察怎么回事。

警察说："他的身份证是假的，你们雇的人你们自己不清楚吗？"

欧阳吓了一跳："身份证是假的？那他是谁啊？"

警察没理欧阳，转身接了一个电话，聊了几句就挂了。这时候我已经坐进了警车的后排，车子启动，缓缓往外走。挂了电话的警察转过来，和欧阳说："我们问了他真名，刚才让所里也核实了一下，他本名叫刘让秋，吉林长春人。"

许桥忽然觉得心口被什么撞了一下，眼前一片模糊，她怕自己没听清，又问了一遍警察：“你刚才说，他真名叫什么？”

警察有点不耐烦，正打算重复一遍的时候，许桥已经冲出了医院的走廊。她一边哭一边跑，呜咽着喊出了声，不停地重复刚才听到的名字，在医院里到处寻找。

警察把我带进了车，开到医院门口排队，等着驶出去。就在我们快出医院的时候，忽然有人敲车窗，我抬起头，隔着车窗，看见许桥哭着挤出一个微笑。

我把脸扭到另一个方向去，不看她。她继续用力拍着车窗喊：“让秋啊，我想起来了，我认出来了，让秋啊，你出来看看我。”

警车就要驶出医院，我忍了一会儿，最后还是转过去看了许桥一眼，我的眼睛好像湿透了，玻璃外面的人也哭花了。就在汽车要远去的那一刻，我把脸贴在玻璃上，和她头抵着头。

直到许桥在后视镜里变成一个小人，越来越远，我依然哭得上气不接下气，觉得幸福又难过。忽然想问爷爷找到奶奶了吗？如果找到了，那他也是这种感觉吗？

04

猴子最先赶到了警局，找了他爸的老关系，把我保出来。我很感激他这样做，因为我还不知道怎样面对许桥。我俩在派出所门口抽了根烟，我让猴子先回酒店，想一个人到处走走。

猴子对我做了个打电话的手势，就打车离开了。我沿着马路口和胡同走街串巷，边走边想，以前心里总是有侥幸，希望被许桥认出来，然后回到过去在一起的日子。可现在被她知道以后，却被吓得失魂落魄，好像仅有的秘密也被发现，然后一道难以逾越的现实鸿沟摆在眼前。即使我们还有感情，能够保温到现在，彼此回味，短暂留恋，但我不知道这温度能让我们在一起走多远，或许自己再也不能在她身边了。

我就这样一个人走到了黄昏。街道上全是晚高峰下班的人，一辆204公交车驶过来，我艰难地从口袋里翻出一块钱，扔进去，坐在靠窗的后座，整个城市的灯火在我脸上流转。

我想起那一年我们看完演唱会回家的夜晚，我和许桥，两个一无所有的孩子，因为有了秘密而觉得生活开始有光渗进来。我们也不知道车会驶向哪，习惯了漂泊，也不在乎窗外万家灯火，是否有一个等着自己拎包入住。

公交车已经走到了重庆路，我在这下了车，天上开始飘雪花，黄色的路灯下像满天金粉，下得没有想象中辉煌，速度缓慢，反倒觉得温情。

我拿出工资卡，从卓展大厦一直逛到长春百货，给自己买了一件墨绿色毛呢大衣，又添了一件白衬衫套在里面，找个理发店把胡子刮了，剪了平头，换好衣服又站在街边。雪花落在我的肩膀上，累积了一层白色，我松了一口气，好像卸下了什么东西。

忽然觉得从这时候开始，自己才像真的回家了，不是司机保镖，不是假身份的马小军，我终于可以是刘让秋了。

猴子给我打了个电话，问我在哪呢。我说想回家看看我爸，然后我的手机就没电了，我沿着人民大街一直走，早就忘了冷，直到走到家楼下，看着家里的灯还灭着，好像已经很久都没亮过。过了一会儿，我看见我爸从小区正门走进来，穿着深蓝色的羽绒服，衣服已经油得反光，他还戴了个毛线帽子，或许是因为冷，佝偻着往前走。到了楼道口，他把帽子摘下来，头发已经开始稀疏，好像时间把他彻底变成了一个虚弱的老头，那个酗酒、愤怒的人不见了。

我的恨意全无，甚至开始怀疑自己到底有没有恨过，或者说我和爷爷一样，始终都没有可以怪罪的人。因为我爸也是生活的受害者，我们都没有责怪别人的底气，我爷爷，我爸，我们爷仨都一样。

直到我家阳台的灯亮起来儿，微弱得忽明忽暗，我才上楼，敲开门，像一个真正的大人站在我爸面前。我们对视了一会儿，我爸好像吓了一跳，反复揉搓着双手，忽然特别高兴，好像我是出远门闯荡的游子，他居然和我寒暄说："回来啦。"

那天晚上，我决定做点饭，我爸说那先去买点菜吧，我和他像一对平常的父子那样下楼，遇见邻居和他打招呼说："哎哟让秋回来啦。"

我爸笑着回应，他笑得那么开心，像个望子成龙的父亲见到儿子出息了一样。看到他的笑，我忽然觉得踏实，觉得他也不是不关心我，只是真的无能为力。想到这我才明白，自己还是渴望得到他们的爱，得到他们的关心。

那天晚上我们俩在厨房里忙活了好一阵，像一场比赛，他切墩，我掌勺，时不时互相看一眼。好像分开的这段日子让我们彼此理解，对方才是自己在这个世界唯一的亲人，又好像我们从未分开，是一对相依为命的父子，今天只是平常的一天。

我们做了五个菜，四热一凉，荤素搭配，我爸去冰箱里拿了两瓶啤酒，走到我面前又犹豫了一下。我伸手接过来，他笑着起开一瓶，忽然有人敲门。

我起身，我爸挥挥手让我坐下，我心想也是，这么长时间不在家，来人也是找他，那就他去吧。我听见他先问了一声谁啊。

门外的人回：“叔叔你好，我们是让秋的同学。”

我起身去门口，这时候我爸已经把门打开了，我发现门口站的是猴子和项童。

我们四个人围坐在一张桌子上。我爸又去拿了两个杯子，我看得出他有点惊讶，但心里还是高兴。好像爷爷去世后，家里再没热闹过，他想再去弄一个菜，我说不用，够吃了，正说着，又有人敲门。

我爸看看我，一边朝着门走，一边说今天这是怎么了。

门开了，许桥站在门外，两个人对视了一会儿，我爸问：“你是？”

许桥说：“叔叔你好，我是让秋的同学。他在家吗？”

猴子在屋里喊：“在呢在呢。”

喊完他一边夹菜一边和我说：“我俩都坦白了，也替你坦白了，剩下的就交给你了。”

说完他埋头继续吃，我显然还没有准备好，手足无措地站起来，项童在我旁边笑，许桥走进来，站在门口看我。我从未感觉离她如此近，尽管我们曾一起工作、进出，但此刻我才觉得她是她，我是我。

我爸招呼许桥坐下，项童朝着猴子那边挪了挪，让出挨着我的位置。许桥坐下来，我爸又拿了一副碗筷，说看来真得再做几个菜了。

猴子摆摆手说："够吃了，叔您赶紧的，别折腾了。"

我爸寒暄着笑，说："那吃饭吧，饿坏了都，别客气，就当自己家。"

我就看着他们说这些烟火气的话，好像自己真的突然有了家。我拿起筷子，许桥也拿起来，我们就这么吃着，喝啤酒。我爸问猴子和项童，你们是一对吧？

猴子一口酒喷出去，我笑得筷子都掉了，许桥笑得靠在我的肩膀上，我忽然感谢我爸的这个问题，让我毫无仪式也没有准备地和许桥靠在一起。

我假装捂着脸笑，偷偷擦掉了眼泪，这是我期盼了多久的生活，拥有家人、朋友，过最平凡也最简单的生活。

我爸知道自己问错了，他又看着许桥问，看着你眼熟，就说不上来在哪儿见过。

我们几个互相使了使眼色，我问猴子你在哪儿见过她吗？猴子摇摇头，问许桥，哎你谁啊？我和许桥互相看着，电视里正放着她的歌。

过去我以为我们的相认，会是多么激动的一个时刻，我还担心我们能不能回到过去的那种感觉。现在我明白了，我们不需要回到过去找回任何当初的感觉，只要心里还有对方，无论怎样变，她在我这，永远是她，我在她那，也永远是我。

05

第二天一早，我骑自行车载着许桥，猴子载着项童，打算回附中看看。

迎着长春的大风，我小声地和后座的许桥说："你知道吗？高中时就这样幻想过，也不是什么很远大的未来，就你和我，在长春，我们生活在一起，平时想吃什么做点什么，周末在家里看电视，过生日就叫上猴子、爷们和项童，逢年过节去你家里干活。每天接你下班的时候，听你抱怨啰嗦，不让我上学也行，就让我和我爸一样，开大车，这我也乐意。"

我看不见后面她的表情，更像是自言自语，原来平凡的幸福是最难的，要付出很多，吞下很多。我说不下去了，许桥把头歪靠在我的后背上，手臂环抱着我，趴在我背上。

我没告诉她现在我不敢这么想了，不能给对方提供与其相衬的更好的生活，以平凡的口吻拉低标准，让对方被迫和自己站在一起，会显得自己很卑鄙。

但这一刻，我们一起骑着车，好像让我过上了想象中的那种生活，我还是觉得感动，哪怕以后不会再有。

猴子超过了我，他问项童："其实我忍很久，实在憋不住了，我特想问你，现在你是去男厕还是女厕啊？"

项童使劲捶了猴子的后背一下说："管得着么你，我不上厕所行么？"

猴子使劲咳嗽，晃了晃车把。

我把头抬起来，觉得自己特别幸福，好像回到了中学。

从繁荣路一直走到人民大街，到自由大路，再到长庆路，也就到了附中。我们先去看了老张，下课的时候，四个并排站在走廊里等他，学生们涌出来，路过我们，看着这些孩子，陌生又熟悉。老张慢悠悠地走出来，看见我们四个，他恍惚了一阵，伸出手好像要指我们当中的谁，却又欲言又止，然后他笑了，像放下一件心事的笑。

老张的手机里存了很多同学的照片，他一张张翻给我们看，婕妤和木生结婚了，他们还回母校拍了婚纱照，最美的一张是婕妤趴在木生背上，照片上他们的样子都没变，和原来一模一样。

一边看照片，老张一边说："我老了，有时候会想你们，但有时候，也怕你们回来。怕你们变成和我一样的人，怕自己的教育失败，可回头想想，也没什么不好。每个人，都有每个人的命，其实无论你成为什么样的人，生活在什么样的环境，生活还是会伤害你。"

我们拥抱了老张，其实我们都知道挣扎对于我们来说，意味着什么。

后来许桥和我说，生活总会把我们变成另一个样子，不是你的错，不是任何人的错。我们想要一直能认出对方，只有一个办法，就是一直生活在一起，无论怎样变化，都不会被另一个人所知晓，胖了瘦了，老了还是什么，都会被时间和陪伴模糊掉，习以为常，不在意细节。直到有一天恍然间发现，两个人一起走了很久，彼此都这么老了，老到早已改变了模样，但只要你们仍然相爱，把彼此当作亲人和朋友，这种恍惚感就不会让人悲伤，反而是突如其来的幸福。

我试着想象这样的幸福，然后我们四个，靠在两辆单车上，站在附中门口拍了一张合照。我拿出中学时大合唱的那张照片，把两张照片放在一起，猴子和项童在旧照片上指指点点，许桥勉强能认出几个，而我却只顾着幸福，体验从未有过的恍惚感和陪伴。

猴子和项童在我身后说着什么，我侧过头看许桥，她看着照片笑，然后发现了我在看她，于是侧过来也看我，挑起眉毛，好像在问怎么了。

我摇摇头，没什么。

其实我只是在看过去了这么久，生活到底在我们身上都刻下了什么。我们都有被改变的痕迹，也面目全非过，但只要我们重新站在一起，好像年轻的时光立刻又都回来了，不只是自己，还有那时的朋友们，他们也都回到了年轻的时候，也再次回到了我身边。

我知道，人终究会被生活打败，但总会有重逢、相聚、爱和陪伴。这些短暂的胜利，给了我重新活一次的勇气。

我才知道，人生的结局就是没有结局，走不完的路，才是真正的路。

［本书完］

刘墨闻

青年作家，设计师
吉林长春人，现居深圳
豆瓣上最会讲故事的人，「ONE·一个」大赞作者
已出版《我在最温暖的地方等你》《特别不浪漫》

我不认识你，但我记得你

请你记住我

产品经理｜来佳音　封面设计｜郑力珲　营销经理｜王琪美
责任印制｜刘　淼　技术编辑｜丁占旭　出 品 人｜于　桐

图书在版编目（CIP）数据

请你记住我 / 刘墨闻著. -- 上海 : 上海文艺出版社, 2018

ISBN 978-7-5321-6925-2

Ⅰ. ①请… Ⅱ. ①刘… Ⅲ. ①长篇小说—中国—当代
Ⅳ. ①I247.5

中国版本图书馆CIP数据核字(2018)第240957号

出 版 人：陈 征
责任编辑：陈 蕾
特约编辑：来佳音
书籍设计：郑力珲

书 名：请你记住我
作 者：刘墨闻
出 版：上海世纪出版集团 上海文艺出版社
地 址：上海市绍兴路 7 号 200020
发 行：果麦文化传媒股份有限公司
印 刷：河北鹏润印刷有限公司
开 本：880mm × 1230mm 1/32
印 张：9.75
字 数：225 千字
印 次：2019 年 5 月第 1 版，2019 年 5 月第 1 次印刷
印 数：1-15,000
I S B N：978-7-5321-6925-2 / I · 5528
定 价：42.00 元